Las visitantes

Yurieth Romero

Las visitantes

Penguin
Random House
Grupo Editorial

Título: *Las visitantes*
Primera edición: agosto de 2024

© 2024, Yurieth Romero
© 2024, de la presente edición en castellano para todo el mundo:
Penguin Random House Grupo Editorial, S. A. S.
Carrera 7 # 75-51, piso 7, Bogotá, D. C., Colombia
PBX (57-601) 7430700

© Diseño: Penguin Random House Grupo Editorial, inspirado en un diseño original de Enric Satué
Diseño e ilustración de cubierta: Penguin Random House Grupo Editorial / Lorena Calderón Suárez

Impreso en Colombia-*Printed in Colombia*

ISBN: 978-628-7659-65-0

Compuesto en caracteres Adobe Garamond Pro

Impreso por Editorial Nomos, S.A.

Para todas las mujeres que habitan en mí.
A mi abuela, mi mamá, mis hermanas…

Presentación

Las visitantes es un libro de cuentos extraído de la realidad misma, es ficción en alto relieve. Este conjunto de historias nace de mi profunda incomodidad con el mundo, con la naturaleza misma, cuando descubrí como visitante que estoy condenada a ser cuidadora de algún hombre que esté en mi vida. Esta polifonía es una interpretación personal del sentir de esas mujeres pobres, negras, indígenas, mestizas, periféricas, que veía cada domingo bajo el inclemente sol del Caribe colombiano en una fila para entrar a una cárcel donde cabían cien y había miles.

Las visitantes son las voces de todas las mujeres que habitan en mí; cada una de ellas tiene algo de mis hermanas, tías, abuela, mamá, amigas y primas.

Rara

—La Verde está muerta. No hay movimiento. Cuando no hay movimiento es porque los «amigos» no pasarán a comer, y cuando los «amigos» no pasan a comer, muchas no tenemos con qué pagar la pieza de esa noche. Así es la vaina por acá.

Es viernes por la noche, día trece, el fin del mundo está cerca y la visita del papa también. Mi nombre es Susana, y aquí en la calle de las putas me dicen «Rara», y acabo de salir de la residencia donde vivo para buscar mi «maggie», así le digo al perico. Yo creo que mi gustico por la vaina empezó cuando estaba bien peladita, allá en mi pueblo, y le robaba los cubos de caldo de gallina a mi abuela Sixta; me gustaba olerlos y luego comérmelos con sal y limón.

Acabo de hacerle la paja al marido nuevo de doña Tica, la dueña de la residencia. ¡Qué asco! Pero bueno, el tipo, a cambio, me dio un kilo de comida para perros, una bolsa de mandarina y veinte mil pesos. Cualquier cosa es cariño.

Esta es la calle Verde, aquí trabajo, pero mi color favorito es el anaranjado. Mi perro se llama

Capitán y aquí va caminando junto a mí. Hemos caminado ciento veinticinco pasos. Nos encanta contar el camino que recorremos.

Ahí están las pela's todas aburridas, en verdá es que la cosa está dura, mi hermanita. Me da vaina todo lo que está pasando aquí en la Verde, pero a mí no me gusta mirarlas ni hablarles… y no es porque me sienta mejor que ellas, o porque me dé asco el trabajo de nosotras, no, así no es, lo único que intento es evitarlas, porque una cosa también es cierta: a estas viejas les gusta mucho el problema. Las pocas que están en las aceras bostezan del sueño o hablan con Chuchito, el vendedor de tintos, que permanece por aquí toda la noche, como si no existiera para nadie, como si estuviera incrustado en esta calle, que cuando uno la camina pareciera que sintiera que hay un corazón que late muy fuerte. En verdad, se siente un *tum, tum, tum*. Hay mucha energía aquí. Mi abuela dice que cuando uno siente eso es porque hay espíritus malignos alrededor.

Las pela's están así achantadas, pues todas lo estamos, desde que llegaron las venecas. Ellas se instalaron aquí, en la calle Verde, y se empezaron a llevar los clientes para la playa. Lo otro es que ellas cobran mucho más barato, una mamada casi que la regalan.

—Esas perras nos tienen jodidas —decían siempre las pela's de la calle Verde.

—Vienen de Venezuela es a traer las malas enfermedades pa'cá —comentan cuando se sientan en la tienda La Mano de Dios.

Llegamos. De la residencia hasta acá son quinientos pasos exactos. En esta casona vieja la puerta no es puerta, sino un poco de ladrillos con los que la taparon, y en las ventanas abrieron un hueco y le pusieron unas tablas. La gente cuando se trata de vicio es un cuento.

Cada vez que quiero entrar me meto por la «hendija» que dejan las tablas, y ya. Como yo soy bien flaquita y Capitán bien pequeño, pa' nosotros no es problema. Ahora tenemos que caminar por este solar, que me imagino que en sus tiempos era la sala y los cuartos de esta casa. Seguro aquí vivió algún rico español que tenía esclavos negros y los maltrataba, como dice la canción de Joe Arroyo... pero Dios no se queda con nada, porque mira en manos de quién vino a quedar esta casona, aunque se esté cayendo: de «la Negra», mi hermanita, mi color.

«La Negra» es mi amiga y yo soy su clienta, ella es travesti y no puede caminar, por eso se la pasa metida en esta casa en su silla de ruedas, esperando que lleguemos sus amigas-clientas. Lo que más me gusta de «la Negra» es que siempre me recibe con un abrazo de esos que sientes un corrientazo, como cuando a uno lo abraza su mamá, que siente unas ganas de quedarse allí.

—¿Traes plata? —me pregunta «la Negra».

Lo único que tengo es lo que me dio el marido de la vieja Tica, unos billetes arrugados, de borracho. Se los doy a «la Negra», ella me los recibe, saca la bolsita con mi maggie de sus trenzas y me la da.

Acabo de llegar a la residencia y lo primero que me encuentro es a la desgraciada de la vieja Tica. Ahí está con el gato feo ese, se llama dizque Noche y es ciego.

—Mi negrita, ¿y lo de esta noche qué?

No sabe cómo odio cuando me dice «mi negrita», yo no soy tu negra, malparida. Lo que más me da rabia es que me diga «mi negrita» cuando me va a cobrar. En mis bolsillos solo tengo unas monedas y no le voy a dar lo otro porque es para comer yo.

—Anótemelo.

Sigo caminando por el pasillo sin mirar pa'trás. Capitán siempre atina a voltear pa' mirarle el culo seco ese a la vieja Tica.

Entramos a la pieza, Capitán corre y se para frente al televisor, que lo dejamos prendido. La novela de las nueve es su favorita; este perro es demasiado inteligente, entiende hasta más que yo de lo que se trata.

Cuando huelo me desconecto. Me vitalizo, todo lo veo posible. Ese celular no deja de timbrar, a mí nadie me escribe, ojalá Capitán pueda leer los mensajes por mí. Tengo diez, todos de Fermín. No quiero leer nada que venga de ese hijueputa faltón. Siempre que huelo busco en mi celu la foto de mi hermanito con Capitán y mi abuela Sixta. Capitán conoce mi cara de pendeja cuando estoy viendo esa foto, y por eso ahora está aquí conmigo, colocando su patica en el teléfono. Me encanta cuando se acurruca conmigo y me lame el 0133 que tengo tatuado en el brazo.

Hacía unos días Sixta me había llamado para contarme que habían encontrado a mis papás en una fosa común. Mi papá era campesino y mi mamá lo ayudaba, sembraban en su rocita, pilaban arroz, criaban a sus animalitos… desaparecieron desde que yo tenía quince años y mi hermano siete.

—De pronto fue que los hicieron miga, por eso no los encuentran —era lo que decían en mi pueblo. Sixta quiere hacerles un entierro católico, y la plata que yo consigo es para alimentar a Capitán y mandarle algunos pesos a ella.

Voy a aprovechar que Capitán se quedó dormido para responderle a la gonorrea de Fermín. Gracias a Dios el *man* de la tienda me dio la clave de su wifi. A este *man* toca hablarle en su idioma:

—*¿Q' kiere, Fermín?*

—*Negra, vajale 2.*

—*Encontraron a mis biejos. No tengo money y kiero ir a enterrarlos.*

—*Pa ezo te estava llamando. Pa proponerte un «bisnes» aki en la carsel.*

No puedo dormir. Tengo tres años y medio que no piso una cárcel y juré ese siete de diciembre que nunca jamás en la vida volvería a entrar a una. No puedo dejar de mirar el 0133 de mi brazo. Además, ver dormir a Capitán con los ojos abiertos nunca es fácil. Ya me fumé la última cajetilla de cigarrillos que me quedaba. Cortarme las uñas hasta el nacimiento también me relaja *full*, y pintármelas de color anaranjado también. Una sola idea se repite en mi cabeza: regresar al pueblo, enterrar a los viejos, dejar el vicio y cuidar a Capitán y a Sixta.

Capitán despertó; él siempre puede oler mi preocupación y angustia.

—Me encanta que pongas tu bemba en la mía, perro feo.

Creo que lo que me intenta decir es que acepte, que le escriba a Fermín.

—*Expérame ayá, ¿ke tengo ke acer?*

—*Nada, bienes aki, tú eztas en mi lizta d bisitantes.*

Por hoy voy a apagar este celular.

—A mí también me hace falta mi Jhon, Capitán.

La última vez que había ido a la cárcel, me habían puesto el número que tengo tatuado en la entrada de registro. Llevaba mucha comida y velas porque era Día de las Velitas, y quería que Jhon se sintiera como cuando estábamos en el pueblo con la familia y Fermín; también le llevaba un papel con la huella de Capitán. Así de sentimental era Jhon. Me pusieron el segundo sello. Atravesé la puerta. Cuando estaban revisando las bolsas que todas las visitantes llevábamos con comida, un oficial nos dijo que teníamos que salir, que se suspendía la visita. Entonces se regó el rumor: uno de los reclusos se había suicidado con una afeitadora.

—Señora Susana, lo sentimos mucho. —Recuerdo las palabras de la guardia menos odiosa del INPEC.

Jhon, Fermín y yo habíamos llegado a esta ciudad pa' ganarnos la vida después de haber sido desplazados. Jhon trabajaba para que Capitán tuviera todo lo que necesitara. El perro había sido un regalo de mi papá, cuando Jhon estaba bien chiquito. Fermín se rebuscaba pa' mandarles algo a la mae' y a sus ocho hermanitos y yo trabajaba para Jhon, para Fermín, que era mi novio, Capitán y Sixta.

Jhon y Fermín no sabían robar, al mes los cogieron, cuando a Fermín se le salió un tiro y mató a una universitaria.

Es sábado. Uno, dos, tres clientes. Suficiente para hacer el envío a Sixta y comprarle a Capitán comida, ropita y cosas de aseo. La madrugada. No puedo dejar de mirar el celular. Fui a la tienda. Todavía hay gente en la Verde.

—La única que da culo para un perro —me gritó una puta. Capitán le ladró.

—No le pare bola, Rara, está empepada —dijo «la Barbie». El mal de las putas de esta calle es que son muy sapas.

Es domingo. Las siete de la mañana. Llego acá a la tienda con Capitán. «La Barbie» y «la Bella» están llevadas del ron barato viejo que seguro se metieron anoche. El cacha me dejó guardar a Capitán aquí.

—Deja a la perra ahí, mami, nosotras le echamos ojo —dijo «la Barbie».

—Perro —siempre tengo que aclararlo.

La cárcel. Un sello, dos, tres, cuatro. El patio cuatro. Hoy es el último domingo del mes, día de niños, por eso corren por los pasillos de la cárcel como si estuvieran en el parque de por su casa. Aquí todo huele a Jhon.

Fermín me cargó y me besó como cuando éramos novios y me veía llegar a su casa de allá del pueblo. Era bonito, pero de todas maneras lo último que quiero hoy es que ese me salude de besos. Me da asco.

—¿Dónde está el viejo ese?

Fermín señaló el cuarto cuarenta y siete.

—Dile que vas de parte del *grone.*

Cuando entré, cerré la puerta con el cerrojo. Al quitarme la blusa mis teticas cayeron como si alabaran a Dios.

—¡Ponte esa vaina!

El tipo es bastante mayor, puede tener como sesenta y pico, casi setenta. Tose, no deja de toser. El viejo se levantó de la cama, buscó un trapo y lo tendió en el colchón para que yo me sentara. Tiene un suéter con cuello de tortuga, un pasamontañas, sus ojos son verdes y tiene que encorvarse para entrar y estar en la pieza. Tendré que sentarme y obviamente ponerme la blusa, porque este *man* está raro.

—Acuéstate boca abajo.

El viejo me bajó la licra y está sobándome el culo. Okeyy, realmente tiemblo, pero del miedo.

—Detesto a las putas —dijo. Me dejó de tocar y ahora está viendo televisión a todo volumen.

Papi, con que le subas todo el volumen a esa vaina yo no voy a desaparecer.

—¿Y entonces? —dije por fin—. A las dos me tengo que ir, tengo a mi perro solo.

—No te la voy a meter. Yo solo quiero saber si eres capaz el próximo domingo de traerme una cosita…

¡Viejo hijo de puta! Mil veces hijueputa.

La tienda está despejada del poco de escombros que viven aquí en la Verde. No soporto más este lugar, me ahogo aquí. Lo único bueno es mi Capitán; ahí viene, reventó la pita con que estaba amarrado.

—Si él hubiera querido, se habría ido hace rato —dice el cacha de la tienda.

Voy a llamar a Sixta.

—Abuela, mañana te pongo el giro. El domingo que viene salgo pa'llá con Capitán… vamos a hacer el sepelio.

La malparida residencia. Le pago a doña Tica. Esa hijueputa siempre me mira el culo. Ahora pa' rematar aparece su marido, que también me mira con hambre. Capitán les ladra. ¡Ese es mi perro! ¡Qué estrés! Creo que me pintaré las uñas.

Domingo. Aún es temprano. Capitán va conmigo a la dirección que decía en el papel que me dio «el viejo hijo de puta». Es una casa en un cerro, cerca a una playa solitaria. Abrí la puerta, no tenía seguro. Fue difícil, tuve que sacar de ladrillos la plata y la bolsa de perico. Ese malparido como que no tiene familia.

—¿Y esa cara? —pregunta «la Negra».

«La Negra» se empieza a buscar en su pelo, pero por mi cara sabe que no quiero maggie hoy.

Empiezo a amarrar a Capitán en la ventana. «La Negra» me pide una explicación con sus ojos de vaca cagona.

—Vengo a las dos. Él no molesta. —«La Negra» hizo una señal de dejadez. Algo como: «Haga lo que le dicte su culo».

—Si no vienes por él, lo pico y me lo como —dijo.

Me acordé de los cuentos de las visitantes de cuando yo era una, así que saqué el paquetico, lo abrí y empaqué en un condón todo lo que podía. Ahí sigue «la Negra» con sus ojotes *espernancados*, sé que se muere por decirme algo, por regañarme, pero que no se atreva…

Tengo también que enrollar varios billetes bien delgaditos para ponérmelos en los pliegues de las nalgas.

«La Negra» se tapó los ojos, es muy marica, no soporta ver ni el culo de una mujer. Al condón se le unta vaselina y va para adentro como si fuera un tampón. El envuelto de plata va en medio de las nalgas.

—Muchas gracias por todo, negra. Capitán y yo nos vamos hoy pa'l pueblo.

«La Negra» me regala una sonrisa y acaricia a Capitán.

Me puse el sello, 132… casi ni se entiende, pero ahí está. Llegué tardecito, para que cuando vaya a entrar ya estén cansados; cuando es así ellos hacen el paro que revisan, pero no revisan nada. Estoy haciendo la fila con las últimas visitantes que quedan y el sol de las doce del mediodía está bien arrecho. Delante de mí va una trans, y detrás una pelaíta que se ve trasnochada. El guardia va llamando número por número. La jovencita trata de colarse pasando por encima de mí. Me le tengo que parar en la raya, aunque me muera del miedo, hace años no peleo con ninguna, ya hasta se me olvidó dar puñaladas.

—En la cárcel no hay que dejársela montar de nadie —me acordé.

Esa pelada quiere tirársela de viva, y quiere pasar primero que la marica, pero no la voy a dejar. Tiene que respetar el hijueputa turno. La gente aquí es así, maleducada, no respetan nada. El guardia se dio cuenta del tira y jala y nos llamó la atención.

—Quietas. Todas van a pasar.

El turno que sigue es el de la marica que la pelada no quiere dejar pasar.

—¿Cómo así que este *man* va a entrar primero que yo?

—Porque es su turno —dice el guardia.

—¿Acaso él es mujer? Que me muestre su concha, a ver si tiene más que yo.

La trans le estampó su identificación en la cara a la perra esa. Enseguida la otra reaccionó prendiéndola de las extensiones. Yo estoy en la mitad. El guardia paró el conteo y está tratando de separar a estas locas.

Por culpa de ellas ahora nos tienen en la mira, y yo me metí en el problema, porque cuando las señaló a ellas, el guardia también me apuntó a mí. El otro guardia, el del perro, nos hizo sentar en las sillas solo a las tres para que el perro nos oliera el culo. El corazón me late a mil, si ese perro llega a darse cuenta de que voy cargada… También me puede sentir el olor a Capitán. Huele por encima y vuelve al calambuco que le tienen con agua. El guardia nos puso el segundo sello para atravesar la puerta. ¡Bendito sea Dios!

Al contrario de lo que yo creía, no nos dejaron hacer la fila para ingresar la comida y todo eso, sino que nos llevaron al cuarto oscuro. Y ahora estamos aquí, frente a dos guardias machorras que nos van a empezar a toquetear.

—¡Abra las piernas! —me grita la malparida—. ¡Abra bien! ¿Qué, tiene la regla?

Abro mis piernas. Esto es más humillante que dar el culo por plata. Me pasó por todos lados el aparato ese que detecta si uno trae cuchillo y vainas así. La guardia más amachada no nos quita la mirada de encima a ninguna de las tres. Deben tener rabia, pensarán que les dañamos la paz del mediodía, habían retrasado la fila con la pelea y por ahí derecho se les cagó el almuerzo. Como no respondí nada, la más amachada puso su mano en mi concha.

—¡Que si tiene la regla!

Mi corazón se quiere salir. Me arde todo el pecho y siento un peso en la espalda.

—Entonces desabróchese el pantalón.

No tengo de otra. Tengo que empelotarme aquí.

—Está prohibida la ropa interior de color negro —dice la guardia.

—¿Hasta la interior? ¡Hágame el hijueputa favor! —protestó la mujer trans.

Empiezo a sentir que mis labios se endurecen y tiemblan a la vez.

—Tengo a mi perro solo. ¿Puedo devolverme?

Estoy cansada de esperar en este cuarto. Ya me fastidian estas esposas. Solo puedo pensar en la angustia de mi Capitán toda esta semana. Lo imagino atravesando el solar para luego asomarse por la hendija y darse cuenta de que yo no regreso.

Verde oliva

No sé por qué siempre me despierto afanada. Miro por la ventana: todavía no ha amanecido bien, el cielo aún está oscuro. Necesito quitarme la piyama, pero no quiero prender la linterna del celu para no despertar a los pelaos. Es mejor hacerlo a oscuras, esos muchachitos tienen el sueño blandito y la mala costumbre de despertarse con cualquier cosita. De vaina que no me sintieron levantarme de la cama.

Salgo al patio, donde está el baño, y medio emparapeto la cortina, que está bastante comía. Quizá ahora que me entre la platica del subsidio de Madres Cabeza de Hogar me compro una nueva. Aunque también debería comprar otro bacinete.

Tengo que sacar el agua con cuidado del tanque si no quiero bañarme con gusarapos. Depilarme de pies a cabeza siempre va a ser como sentirme nueva, como si de repente me quitara la piel para empezar a usar otra. La cuchilla de afeitar la tengo guardada desde que recibí aquella llamada. También tengo que desenredar este pelo cucú, mientras me miro en el espejo, en el que casi ni me alcanzo a ver por las manchas de humedad. Creo que debería ensayar mi cara antes de presentarme allá, tiene que ser sencillo, como sacar la trompa para una selfi. ¿Cómo haré para taparme esta horrible cicatriz del cachete? Quizá debí buscar un tutorial de esos de internet para taparla. Lo bueno es que como soy negra, casi ni se nota. Quisiera sentirme linda otra vez hoy.

Para entrar al cuarto otra vez, debo hacerlo con todo el cuidado del mundo. Ya están saliendo los primeros rayos de sol. Voy a poner bien la cortina para que no se meta ninguno que pueda despertar a mis muchachos. Hoy voy a usar el brasier y la pantaleta que compré el sábado pasado. Todavía huelen a nuevo. *Mas sin embargo*, es bueno rociarles su poquito de *splash* para que no vaya a creer que solo los compré porque voy para allá. También un poquito de loción, por aquí y por allá, porque una nunca sabe. En verdad me gusta este conjunto que compré; cuando paso mis manos por mi cuerpo, enseguida me voy a la época de cuando tenía quince años, cuando paraba el tráfico, y un piropo me sacaba una sonrisa. Ahora no los soporto, me dan rabia, me saben a mierda todos esos piropos de esos viejos en la calle.

En el escaparate está colgado el vestido verde oliva, que desde que me lo dio nunca me lo he puesto. No he podido hacerlo, me han faltado agallas, hasta hoy. Yo creo que todavía me queda bueno, porque de ese tiempo para acá no he engordado ni un kilo, por el contrario, voy es pa'trás, cada vez más llevá. Ya no soy la misma peladita vistosa de aquella época y no tengo por qué ocultarlo. ¿A quién quiero engañar?

La verdad es que ese vestido seguía entre mis cosas de pura suerte, lo había intentado botar muchas veces, pero no sé si por terquedad o por cuestiones de la vida aún seguía conmigo; han pasado cinco años desde que Gustavito me lo regaló en la cárcel.

—Lo hizo un preso de aquí de la cárcel —me dijo.

Gustavito era mi marido en ese entonces y desde que nos habíamos cuadrado, cuando yo tenía catorce, nunca más nos habíamos separado. Él siempre había querido que yo le pariera un hijo, pero como yo vivía con problemas de la regla y del desarrollo no se había podido. Para cuando él cayó preso por fin había quedado preñá y el día en que fui a contarle me lo regaló. Recuerdo que estaba muy nerviosa, o sea, yo sabía que él se iba a poner contento, y más aún porque decía que iba a salir de la cárcel rápido, pues su abogado ya se lo había dicho.

—A Luz no le cuajan los pelaos —decía siempre mi mamá.

—Aquí voy a estar diez años más, mami —me dijo Gustavito sin anestesia, sin agüero, antes de que yo pronunciara una palabra. Cualquier sonrisa que tuviera en mi cara se borró.

Diez años era mucho tiempo, yo solo tenía veinte, entonces todas las palabras de mi mamá y de mis tías se me vinieron a la cabeza: «Tienes que rehacer tu vida con otro hombre», «Vas a perder tu juventud tras de nada», «De amor no se vive», «A mala hora te viniste a meter con ese malandro», «Tienes que buscarte un marido que te acepte con esa barriga».

Ese día que me despedí de él, yo sentí que él sabía todo lo que yo estaba pensando en ese momento. «No se te olvide el vestido», me dijo, sin pedirme un besito de despedida como siempre, y se puso a leer un periódico antes de que yo saliera del cuarto. Mi corazón me ardía como cuando tienes ganas de llorar y te tienes que tragar las lágrimas.

Aún es muy temprano, *mas sin embargo* aquí estoy, en la entrada de la cárcel, después de cinco años.

A esta hora apenas están llegando los que tienen puestos de comida, los que alquilan chancletas y venden *yelos*. Una mujer más o menos gordita acaba de acercarse, tiene todo el maquillaje chorreado y se nota a leguas que la noche anterior jartó buen ron.

—Con esas «abuelitas» no te dejan entrar —me dijo.

Tiene razón. Se me olvidó que los zapatos cerrados no son permitidos en la cárcel. Llegué aquí

28

donde la señora que tiene el negocio de alquiler de chancletas y le pedí unas que me combinaran con el vestido. Aunque han pasado los años, yo me sigo sorprendiendo de todos estos negocios de aquí afuera, la que te alquila la chancleta, la que guarda el bolso, el que vende los *yelos*, panes, hasta hay una señora que te guarda la plata y al salir te la regresa, y lo que más me llama la atención es que la mayoría son negocios de mujeres, y sus maridos, hijos o nietos son los ayudantes.

—Deja el bolso aquí y todo lo que tengas, que después te lo devuelven —me dijo la señora, toda amable ella.

—¿Ya te pusiste el sello? —me pregunta la borracha.

Hasta eso se me olvidó, que para entrar me tenía que poner un sello. «Yo todavía no me lo he puesto porque estoy esperando a mi prima», dice ella.

Me pusieron el sello. Pensé que entraría más temprano, pero de un momento a otro esta fila se creció como una lombriz. Todavía no entiendo ese gusto por ser visitante.

Lo mejor es que me siente con la borracha esta, que está cantando entre dientes una canción de esas de despecho, creo, de El Charrito Negro: *yo no sé por qué cuando a un amor lo lastiman, cómo duele, cómo duele el corazón.*

Todo este tiempo compartiendo el andén no hemos hablado. Yo solo puedo pensar en el encuentro de ahora. Todavía tengo la duda de por qué Gustavo llamó y cómo consiguió mi número de celular. ¿Querrá plata? ¿Será que se enteró de que tuve un hijo de los dos? ¿Estará por salir y quiere que nos juntemos? Este poco de preguntas me van a volver loca.

El guardia parado en la entrada está llamando para que las visitantes nos organicemos frente a él y así abrir la reja. La borracha se apura y trata de colarse, y me hace señas para que también me apure. Acabo de recordar que esto pasa en la fila de la cárcel, una se hace amiga de las otras visitantes en minutos.

Camino hasta la fila evitando la luz del sol con la palma de mi mano. Lo más tormentoso de ser una visitante es el sol que te acompaña en la espera.

—Quieres tapar el sol con un dedo siempre, Luz —me decía mi hermana cuando llegaba a la casa de mi mamá con algún morado en la cara y me preguntaban qué me había pasado.

—Nada, estos pelaítos siempre me muerden —respondía en medio de risas para disimular la verdadera cuestión.

El día en que llegué con la cabeza rapada, todo el mundo en la casa se sorprendió, como era lógico. A mí me gustaba echarme mi aliser en el pelo, ponerme extensiones y decirle a todo el mundo que el pelo me había crecido de un día para otro. Para todos era muy raro que hubiera decidido raparme, y más porque por nada del mundo dejaba que me vieran la cabeza pelada; durante meses anduve con turbantes.

—Quieres tapar el sol con un dedo —me repetía mi hermana.

Tengo que ubicarme debajo de este pedazo de polisombra que cubre parte del pasillo para no quemarme tanto con el sol. Dicen que el sol es pa' los negros, pero no saben cómo se pone uno insolado. La borracha se volvió a fijar en la cicatriz de mi cara.

—Uy, hijueputa. ¿Quién fue la que te rajó la cara así?

Estuve a punto de bajar la mirada, pero no, la verdad es que estoy cansada de hacerlo. Bajar la mirada ante mi marido, ante mi papá, mi mamá, mis tíos, mis hermanos, antes los mayores, ante cualquier *peoresnada* que quisiera opinar de mí. Igual contárselo a ella no es nada, ella no me va a juzgar, al menos ahora mismo no está en sus cinco sentidos, ella en este momento es igual que nadie.

—Mi marido… Bueno, mi exmarido —le respondo.

La mujer se me acerca y repasa mi herida con sus dedos. Es muy cuidadosa.

—Casi te coge la *orta* ese malparido —me dice.

Le muestro mis brazos para que vea los pedacitos de piel en alto relieve que me quedaron. Las cicatrices.

—Me pegó más de veinte puñaladas en todo el cuerpo. Estaba empepado, y tenía rabia porque ese día por primera vez le dije que lo iba a dejar y que estaba arrepentida de haber dejado a Gustavo para irme con una mierda como él.

La borracha despepita los ojos y se balancea de un lugar a otro.

—¿Y a esa gonorrea es a quien vienes a visitar?

—No, vengo a visitar a Gustavito, al que era mi marido antes de conocer al tipo este. Es que me llamó hace una semana pidiéndome que lo visitara. Pero mira, yo ya no soy la misma pelada linda que él conoció, ahora estoy llena de todas estas vainas feas por todas partes. No quiero que me vea así. Y no tengo cara para decirle que ese tipo casi me mata delante del hijo de él y mío. Hijo que él ni siquiera sabe que existe. «Seguro ya lo sabe, y te quiere degollar allá adentro», me dice. «Quién sabe… No puedo decir que todavía conozco su corazón».

Trato de desviar la conversación con la borracha y miro hacia otro lado. Una señora de ya bastante edad que está delante de nosotras tiene los ojos llorosos, como si algo le pasara, como a mí en estos momentos, y no deja de mirar una fotico.

—Uno nunca conoce el corazón de nadie.

—No te entiendo, hermana.

—El tipo este me conoció cuando yo estaba preñá de mi hijo varón. Y dijo que lo iba a querer como si fuera de él, pero apenas nació el otro hijo mío cambió, todo el tiempo quería estar pegándole al pelaíto, y si le decía algo, me tiraba en cara que él lo había cogido en la barriga y que por eso tenía derecho a hacer con él lo que le diera la gana. Lo ponía a besarle los pies, tanto a él como a su hijo, escupía en el piso y lo mandaba a la tienda a comprarle cigarrillos, y si el niño no llegaba antes de que se secara su saliva, le pegaba una paliza que al otro día no podía ir al colegio.

La mañana en que casi me mata fue porque no dejé que le pegara porque no se paró a buscarle unas arepas. Solo le dije que lo dejara tranquilo, que estaba durmiendo, y se ensañó de esa manera tan hijueputa. Mi pobre pelaíto tuvo que defenderme porque yo no fui capaz. Cogió la olla de presión y le pegó con ella tantas veces que lo dejó inconsciente.

Mientras hablamos la borracha y yo seguimos avanzando en la fila. Mi historia había borrado cualquier rastro de borrachera de esa mujer.

—En la cárcel en que esté ese catre malparido, lo tienen que estar violando todos los días.

—No sé dónde está, ni siquiera sé si está preso.

Por fin llegamos a la ventanita esta, donde nos registran la cédula y nos ponen el último sello. Ahora el laberinto del pasillo sigue hasta que lleguemos a una especie de terracita donde está otro guardia con un perro.

Nos contó a las diez primeras mujeres y nos hizo señas para que nos sentáramos en unas sillas rojas. Este pedazo de la fila era el que más miedo me daba antes. A veces esos perros se encarnizan con una persona y no la sueltan.

Me siento, y, aunque no llevo nada, voy a rezarme un padre nuestro. El señor guardia suelta a su perro, que obedientemente empieza a olernos el culo a todas. Si el perro no se queda parado en ninguna, es que estamos limpias y podemos atravesar la puerta principal, que es la entrada a la cárcel, pero primero tenemos que pasar por la revisión de las bolsas de comida y de nuestros cuerpos.

El perro huele a la borracha, que hiede a cigarrillo, ron y vómito. Aunque esta vieja sea una borracha, creo que tiene razón, Gustavito debe quedar atrás, no vaya a ser que me quiera matar. Lo amé y lo amo, pero me queda la carita del hijo de los dos para recordarlo todos los días.

—¡Quítense! —empiezo a huir en medio de las otras visitantes que esperan a que les huelan el culo.

Todas se me quedan viendo, no es lógico que una visitante se haya aguantado todo el recorrido de la fila bajo el sol inclemente para, cuando está a punto de entrar, decidir regresarse.

—Tiene que ser que iba cargada —escuché que dijo la exborracha.

Ensalada de payaso

No he podido pegar el ojo en toda la noche. Tengo que dejar la pensadera, esa vaina me va a matar, más que el dolor de rodillas que nos da a los viejos.

En estos días cumplo setenta años, ya no estoy para estas cosas, no sé qué me va a matar primero, si las preocupaciones, la falta de sueño o la artrosis. Me puse a rezar un rosario para ver si me vencía el sueño, pero ya el vergajo se había ido del todo. Decidí que no voy a pelear más con él, y aquí estoy, preparándome un tintico para ahora ponerme a organizarle la ropa que le voy a llevar a mi nieto Javier.

—¿Y hoy es día de ropa?

Bien dice el dicho que los años no vienen solos, hasta la memoria me está fallando; por eso me he tomado la tarea de anotar todo, lo que hago, en dónde dejo las cosas, la plata… aunque eso al final no me sirve, porque a la nada se me olvida dónde fue que anoté la cuestión. En el calendario confirmo que hoy puedo llevarle su ropa a Javier.

Mientras le doblo sus camisas solo puedo pensar en cómo le voy a dar la noticia. De imaginar la carita que va a poner cuando le diga se me parte el alma, me dan ganas de llorar por mi pelaíto.

Desde aquí puedo ver cómo el cielo todavía está oscuro. Me duelen todos los huesos, pero mi Dios me tiene que dar fuerza para prepararle su comida, le voy a hacer lo que a él más le gusta: arroz, pollo guisado y ensalada de payaso.

Cuando era niño, Javier les tenía miedo a los payasos, no los podía ver ni en pintura. Sin embargo, cada vez que llegaba la feria al pueblo, Martín, mi difunto marido, que Dios lo tenga en su santa gloria, se entusiasmaba para llevarlo; nos encantaba verlo sonreír cuando se subía en los caballitos esos, donde parece que lo niños flotaran. ¡Cómo le gustaba montar en esos aparatos! A pesar de todo, eran días buenos.

El niño era feliz mientras estuviera en los animalejos esos, pero cuando aparecían de la nada los payasos, con la cara pintá y esa sonrisa que parecía sangre, regalando globos a los pelaítos, nosotros teníamos que hacer de cuanta pirueta para que no los viera.

Desde que Josefina, la hija mía, que en paz descanse, murió delante del niño cuando él apenas tenía tres años, nosotros prometimos ante el Señor de los Milagros que nunca íbamos a hacer o decir nada que lo hiciera llorar. Josefina murió mientras ella y el niño se bañaban con agua lluvia; no se sabe con exactitud qué fue lo que le pasó a la muchacha, la gente en el pueblo hablaba, decían que la había matado el hambre porque casi no comía, pero lo que más repetían, y es de lo que yo estoy segura, es que mi hija murió de un infarto.

Josefina había parido a Javier de quince años. Quedó preñada de un tipo que llegó al pueblo cambiando osos de peluche por cosas como ollas dañadas, objetos de cobre, aretes viejos... todavía me acuerdo cuando llegó a la casa y la vio ahí sentada en la terraza, y enseguida quedó prendado de ella. Apenas nosotros nos dimos cuenta de que ese tipo andaba pendiente de la niña, nos pusimos pilas, y no la mandábamos ni al patio, porque el hombre ese cada vez que la veía la atarzanaba, y hasta varios vecinos del pueblo me pusieron las quejas muchas veces. A mala hora vino Martín a mandarla a comprarle una prestobarba; cuando la pelada salía de la tienda, el desgraciado se la robó, le puso un pañuelo en la boca, quién sabe si le rezó alguna oración de esas del mal, porque cuando regresó a la casa andaba toda rebeldizada, dijo que se quedaba con él, y no entendía de razones. Después la preñó y la dejó tirada con todo y pelao.

Desde que ese hombre me perjudicó a la niña, ella no volvió a ser la misma. Miraba al niño de vez en cuando, y cuando le daba de comer lo hacía con desgano. Ella estaba pelaíta cuando lo parió, pero no se le sentía esa cosa que siente uno cuando pare, ese instinto materno, más bien lo trataba como a un hermanito, *entre veces* se encargaba de bañarlo, vestirlo y sacarlo a pasear.

—Esa burundanga que le echó el hombre maldito la dejó como loca, siempre niña, como fuera del planeta.

No puedo dejar de pensar que el pacto que hice con Martín está también a punto de morir, hoy domingo. Eso me parte más que cualquier dolor en los huesos.

Terminé de empacar la ropa y la comida, las voy a echar en una de estas bolsas contramarcadas que dan en los almacenes. Todos los domingos tengo que repasar las reglas de esa cárcel, aunque semanalmente las cambien a su antojo: *A la cárcel no se pueden llevar bolsas marcadas, tienen que ser TRANS-PA-REN-TES.*

La verdad es que no me parece una medida exagerada, como dicen las otras visitantes, por el contrario, me parece bien, porque muchas mujeres que van allá se prestan para meterles cosas a los presos que luego ellos venden allá adentro, cosas como arroz, azúcar, café; otras son bien vagabundas y meten hasta vicio. El domingo pasado cogieron a una metiendo vicio, y la pelada cayó por estar en medio de una pelea boba entre borrachas… Por esas mujeres es que los guardias se curan en salud y se ponen pesados hasta por una bolsa. Yo mejor vuelvo a empacar todo en una bolsita transparente, porque después no me dejan meter nada y se queda mi pelaíto sin su comidita que le preparé.

No se me puede olvidar la foto de la bebé, Javier se va a poner contento cuando la vea. Pobre ese nieto mío, desde que nació ha vivido puras tragedias, y parece que con esa misma cosa nació su hijita, ¡Dios mío, qué he hecho yo para que mis niños pasen por esto! Prefiero mil veces que me lleve a mí a que sigan padeciendo. Pobre pelaíta, tiene al papá en la cárcel.

Todos los domingos tengo que salir del pueblo a esta hora si quiero coger los primeros puestos de la fila para pasar más tiempo con mi pelaíto, aunque hoy voy a entrar más tarde. El camino de aquí a Santa Marta es como de una hora y pico en bus, y la espera en la fila es como de tres horas y más; yo casi siempre entro tipo ocho de la mañana y soy la última que sale, en el segundo turno del día, el de las cuatro de la tarde. Este domingo quiero que pase lo más rápido posible, es lo único que le pido a Dios.

Antes de entrar, primero voy a hablar con el doctor Aldito, un abogado de esos que se la pasan afuera de la cárcel para ofrecer sus servicios. El tipo no me da confianza, de hecho, es norma de las visitantes no confiar mucho en los abogados que se la pasan tomando tinto y fumando, por lo general son unos sinvergüenzas a los que nadie contrata, están ahí para hacer trabajos sin importancia, pagar la fianza de algún tipo que le pegó a la mujer o sacar a las «mujeres de la vida» a las que meten presas después de pelear por algún cliente, en fin, trabajos que les dan a ellos un pago chan con chan, que malgastan en la tienda en puras cervezas.

Respecto al caso de mi pelaíto nada ha avanzado; el abogado de oficio que le pusieron, cada vez que lo llamo, me cuenta la misma historia: «La cosa está dura». Y eso es precisamente lo que no quiero volver a escuchar, y menos ahora con este nuevo problema que se le ha presentado a Javier.

Camila, la mujer de Javier, después de parir a la bebé, se quedó dormida, su cerebro está paralizado, los médicos dicen que cayó en un coma profundo, pero yo digo que la tristeza se apoderó de su cuerpo, de su mente, alma y corazón, y por eso está en coma. El médico dijo que de esta semana no pasaba, y ella necesita que Javier salga, así sea para darle el último adiós.

Acabo de llegar a «La tiendecita», la oficina de los abogados esos que andan por ahí sin Dios ni Santa María. Ahí está Aldito, se ve limpio, ojalá no esté enguayabado. Me acaba de ver y hace una señal para que me acerque; no parece el tipo asqueroso que se aprovecha de las muchachas del que tanto hablan las visitantes en la fila. Aldito sonríe, pareciera que no fuera capaz de matar ni a una mosca. Me pregunta por el caso, como todo un profesional.

Hace cinco meses, cuando todo pasó, Javier tenía diecisiete años y vivía conmigo y con Camila, la pelada que es su novia de toda la vida. Cuando la familia de la muchacha se enteró de que estaba preñada, me la mandaron para mi casa y yo la recibí, porque la verdad es que uno no le puede dar la espalda a unos muchachos así jóvenes como ellos. La familia también estaba emputada porque la hija «se vino a dejar preñar del negro ese», así era como le decían, yo lo sé porque en el pueblo todo se sabe. Sin embargo, yo vine y la acepté, le conseguí trabajo a Javi en la finca donde yo a veces voy a hacerles el aseo, y la muchacha se quedaba en mi casa e iba al colegio así, embarazada.

En la finca Javi tenía que hacer los mandados en la moto del patrón. Cuando se desocupaba, el patrón se la prestaba para hacer mototaxi y con eso ganaba más platica para llevar a la casa. Para cuando ocurrió el incidente ya tenía casi toda la plata de la cuna ahorrada. Él es un pelao sano. Todo el inconveniente que pasó ese día fue porque yo lo llamé al celular y le dije que corriera al puesto de salud porque Camila, que todavía no tenía los nueve meses, estaba presentando un sangrado raro. Yo tenía mucho miedo de que fuera a perder al bebé a esas alturas del partido.

Javier salió como alma que lleva el diablo de esa finca, como es lógico; quería estar cerca de su mujer, saber qué le pasaba. «Ese muchacho iba a toda velocidad», era lo que decían.

Él como que no vio que en el sentido contrario venía una camioneta como tambaleándose, según parecía la manejaba un anciano con tiembla-tiembla, pero no, se trataba de unos pelaos que iban camino a Santa Marta a una fiesta de disfraces, dice Javier que uno de ellos estaba disfrazado como un payaso raro, no como los que veía en la feria, era aún más raro, y eso lo aterrorizó. Él trató de esquivarlos pero no pudo, la camioneta iba sin control y una joven que tenía la misma edad de él murió. El tema es que no eran unos «peoresná» como nosotros.

Aunque la prueba de alcoholemia mostró que todos los chicos habían consumido ron, a Javier le dieron cárcel por homicidio, y, para contrajoder, en esos días cumplió dieciocho años y tuvo que pagar ante la ley como un adulto.

Era gente importante y para mitigar su culpa pusieron ese peso sobre mi nieto. Es que siempre que tú seas negro y pobre, eres el perro más flaco al que se le pegan las garrapatas.

—¿Qué es lo que quiere usté exactamente, niña Pau? —pregunta el doctor Aldito.

—La mujer de mi nieto está en sus últimos días, y yo no quiero que él esté metido aquí para cuando su muerte ocurra.

Aldito toma nota, como si tuviera entre sus manos el caso de su carrera, de su vida.

—Estos procesos son largos y salen caros.

—Largo no puede ser, mi nuera se muere en estos días, lo necesito afuera esta semana, al menos para que esté en el velorio, y por caro no se preocupe, así me toque vender mi casa, yo le pago.

Aldito tragó en seco y me recuerda con el tonito pausado con el que habla que no hay necesidad de que venda la casa, que con unos cuantos pesos él podrá trabajar. Me prometió que mi nuera no se iba a morir sin que él consiguiera ese permiso.

—¡Dios lo oiga!

Yo siento que todo esto que le conté movió algo en él, como si esa historia lo hubiera hecho pensar en los años desperdiciados en esa tienda, sin hacer nada por la humanidad.

Camino hasta la fila para entrar, le hago señas al guardia que está parado en la reja, ese es el buenagente, no como el negro que ponen algunos domingos, ese es odioso.

El guardia me indica que entre por la fila de la tercera edad. Las visitantes jóvenes me abren paso; esa es la única ventaja de ser vieja. Además, aquí la mayoría de ellas ya me conocen, cuando alguna viene con las manos vacías, yo saco de lo que le traiga a Javi para que ellas se lo metan a los suyos. Donde come uno, comen dos, y hasta tres.

—Nosotras somos un día de vida para ellos.

Me registré en la planilla de ingreso y seguí avanzando por la fila, hasta llegar a la parte en la que los perros nos huelen. Yo nunca traigo nada malo, pero en la cárcel se oyen tantas cosas que yo siempre vivo con el miedo de que alguna visitante me meta algo malo en mi bolsa, porque según ellas a las viejitas no nos revisan casi. Ahora están revisando mis bolsas, el guardia grosero está revolcando toda la comida. Ya desarmó la ensalada y me mira con cara de que se la quiere comer.

—Esa ensalada oscura no puede entrar. Mejor dicho, esa comida la dejamos afuera.

No lloro por la comida, yo sé que eso se lo va a terminar comiendo este negro. Me duele que mi Javi vaya a recibir esta trágica noticia con la barriga vacía.

La espera de Katerine sin h

Mi nombre es Katerine, sin h, no como la malparida esa que se quiere quedar con mi marido.

No encuentro el día en que ya no tenga que ir más a esa puta cárcel.

—Aldito, responde, responde... ¡desgraciado!

El abogado, entre comillas, no contesta. Hoy es el día en que le voy a decir que no me interesa que siga haciendo nada, porque a Maicol ya se le va a hacer el milagro de salir y no es precisamente gracias a su trabajo. ¡Já! Dizque abogado, ese hijueputa no es abogado de ninguna mierda, y ni siquiera sabe a *onde* está parado.

—Ya, mami, no llores, tómate el tete. ¡Contesta, Aldito! No seas malparido.

—¿Aló? ¿Doctor Aldo? ¿Me escuchas, papi? Ah, bueno, te llamo pa' ver si siempre nos vamos a encontrar... claro, mor, tú sabes que yo soy tu negra. Sí, sí, yo lo llevo puesto. Va, allá nos vemo', papi. Chao, chao.

Aldo es asqueroso, y es que *entre veces* la gente con más estudio es la más hijueputa... entre más diploma y vainas más indolentes. ¿Qué necesidad tiene ese gonorrea de estar comiéndose conmigo pa' poder sacar a Maicol? Estudiar tantos años pa' terminar comiéndose a una persona que canta en los buses para ganarse la vida, hay que estar muy llevao' de la malparidez.

—Vamos a cambiarte, mami, pa' que la niña Pau te cuide.

La niña Pau es un ángel que el santo Todopoderoso me mandó. La conocí en la cárcel, bueno, en la fila de la cárcel, ella estaba yendo a visitar a su nieto, me vio que yo era nueva y estaba con mi bebé y una maleta, y se condolió de mí.

La malparida vieja dueña de la residencia donde me bajé cuando llegué del pueblo me había botado, no le importó que estuviera sola con una pelaíta ni que le explicara que Maicol, mi marido, estaba a punto de salir de la cárcel. Le ofrecí dejarle el coche de la niña, el parlante y el micrófono para que me dejara quedar un mes, pero la vieja Tica es una hijueputa con to' y ropa, ella prefiere tener en su residencia a las putas de la calle Verde, porque sabe que ellas reciben plata casi diariamente… aunque quién sabe ahora cómo está haciendo, porque en esa calle ahora mismo no está pasando nada, las venezolanas las tienen pisadas. ¡El karma existe, hijueputa!

Pero bueno, eso también me cae a mí; tantas veces que le grité en la cara a Tica que prefería dormir en la calle que putearme, y aquí estoy, dándole el culo al doctor Aldo, dizque por amor a Maicol.

Maicol, para mí, más que mi marido o compañero sentimental, es mi familia, es como si fuera un primo mío o un hermano. Nos conocemos desde niños, crecimos juntos allá en el pueblo, recogiendo camaroncitos en el río, jugando a la peregrina… Maicol era el único pelaíto que jugaba con nosotras porque los demás decían que ese era juego de niñas, pero a él le gustaba, lo malo era que siempre nos ganaba. Nuestro juego favorito, que luego se convirtió en verdad, era el del papá y la mamá… Maicol iba al cerro y traía paja, tablas, y construíamos la casa. Los pelaos de por la casa, los más pequeños, eran los hijos. Cuando él traía todos los materiales, yo lo ayudaba a levantar nuestra casa… no sabía que estábamos ensayando para el levantamiento real de nuestras vidas. A veces también jugábamos al escondido, casi siempre nos escondíamos juntos, a veces Maicol se ponía detrás de mí y me pandeaba, y a mí me gustaba, aunque a veces me daba cosita, porque me acordaba de que mi abuela me decía que Dios veía todo. Luego llegaba a la casa y rezaba tres padres nuestros, un avemaría y el ángel de mi guarda.

Cuando fuimos creciendo ya jugábamos era al escondido americano; ese era que si te encontraban, te tenías que dejar dar un besito.

Maicol siempre me encontraba.

Encontrarnos siempre ha sido nuestro juego favorito. Él sabe que a donde vaya, yo lo voy a encontrar para seguir construyendo nuestra casa de palma y tabla.

En esos días en que andaba en la calle con la niña y fui a visitar a Maicol pa' decirle que con el dolor de mi alma me iba a tocar regresarme pa'l pueblo y dejarlo tirado, conocí a la niña Pau, por eso yo digo que ella es ese ángel de la guarda al que siempre le he rezado. A ella le cayó en gracia mi bebé, porque decía que así iba a ser su bisnietica, que estaba a punto de nacer. Me dijo que ella me iba a ayudar pa' que siguiera rapiando y cantando en los buses y que cuando quisiera le llevara la niña al pueblo donde ella vive, que es aquí cerca de Santa Marta, que ella me la cuidaba.

Ahora último está apegada a la niña, porque la bisnieta nació y los papás de la pelada, después de que la echaron de la casa, ahora se quieren quedar con la bebé. En fin, hoy me la va a cuidar, porque después de que salga de abrir de una vez por todas al infeliz de Aldito, me tomaré unas frías en la calle Verde con «la Barbie».

Voy en camino para la casa del «doctorcito mentiroso», como le digo yo. Llegaré un toque tarde, pero ni me interesa si se pone bravo o no, total, hoy es el último día que aspiro a verle la cara.

Aquí estoy otra vez, frente a esta porquería con su aliento a cigarrillo y cerveza. Lo odio.

—¿Entonces, mi negra? ¿Te pusiste la tanguita roja que me gusta?

—Sí, papi, pero recuerda que yo no soy tu negrita, oíste, ni tuya ni de nadie. Ni de Maicol, con toda su fama y que es el papá de mi hija.

Ahí está tirado en su asquerosa cama, se nota que no ha lavado esa sábana en años, menos mal que nunca más me voy a tirar ahí.

—Doctor, es que yo quería hablar una cuestión con usté.

—¿Hablá? ¿Y qué quieres hablá tú pa' ve? Si vas a venir con el mismo sonsonete del marido tuyo, yo ya te dije que la vaina está dura, y que, bueno, yo estoy haciendo todo lo que legalmente está en mis manos pa' sacarlo.

—Ajá, de eso era, como usté dice que le está quedando difícil la cuestión, yo prefiero que ya dejemos hasta acá.

—¿Con cuál estás comiéndote ahora, gran puta?

—Suélteme, doctor, no cometa una locura ni me haga cometerla a mí.

—¿Quién es el cajonero?

—Ninguno de esos abogados, entre comillas, que paran afuera de la Fiscalía. A Maicol lo va a sacar el papa Francisco. No es ningún cuento chino, ni nada de eso, por el noticiero dijeron que el papa Francisco venía el otro mes pa' Colombia y lo primero que va a hacer es mandar a liberar a todos los presos que no tengan condena, y Maicol es uno de esos.

Y tiene que ser así, el pobre Maicol se podría decir que está encanado por mi culpa. Yo estaba soñando muy grande. No quería solamente tener la casa de tabla y paja, sino más. Desde pelaítos, cuando nos cuadramos, él y yo nos rebuscábamos cantando en cualquier esquina por cualquier moneda. Cuando estábamos más desocupados nos montábamos en un bus de esos que van pa' los pueblos y hacíamos un show: Maicol rapeaba y yo bailaba, porque a mí me daba pena cantar. Poco a poco la gente ya nos sacaba en la calle, decían: «Mira, allá van "los noviecitos"», y por eso nuestro grupo se empezó a llamar así. Y funcionaba, nos empezaron a mandar a buscar de quinceañero, bodas y bautizos del pueblo. En un cumpleaños nos pagaron con un micrófono, y el parlante se lo ganó la suegra mía en un bingo… solo nos faltaba un celular para dejar de dar el número de la vecinita y empezar a ganar más billetico, porque yo ya estaba preñada de la niña. Entonces por eso Maicol ya no se metía un viernes a las fincas a robar guineo, sino que se metía lunes, miércoles, viernes y domingo. Y ya después era todos los días, pa' poder juntar para el celular al que nos iban a llamar los clientes.

Con el favor de Dios, con la llegada de Francisco todo va a volver a ser como antes, bueno, casi todo, porque al pobre Fede no lo vamos a recuperar nunca más.

Cuando Maicol se vino del pueblo, lo hizo porque allá las cosas ya estaban calientes y él no podía seguir ahí. A Federico, su hermano, lo habían encontrado muerto. Era un pelao que tenía problemas mentales... él hablaba y todo, sino que era más bien retrasado, se comportaba como un pelaíto chiquito, a pesar de que era un grandulón, más alto que Maicol, más negro y grueso. Fede se rebuscaba pa' ayudar en la casa vendiendo lotería. Al principio la gente le compraba pa' hacerle la venta, pero cuando se regó la noticia de que le había vendido el número ganador al paisa de la tienda, todo el mundo lo tenía en la buena, el viejo Fede era de suerte, y ajá, se hacía querer, lo invitaban a tomar pa' que echara sus cuentos o hiciera alguna payasada.

Una noche, Fede no regresó a dormir. Mi suegra y Maicol decían que seguro se había quedado bebiendo con el paisa, pero estaban preocupados porque por esos días el pueblo estaba caliente, los grupos paraban rondando la zona... la esperanza era que como a Fede to' el mundo lo quería, porque ajá, era el bobo del pueblo, a lo mejor por eso no se meterían con él.

Al día siguiente el pueblo parecía un peladero, no había ni un cristiano por la calle, todo el mundo estaba encerrado en sus casas, nadie quería decir ni hacer nada, pero todos sabían lo que pasaba. A Fede lo encontraron tirado en la línea del tren boca arriba con un tiro en la cabeza.

—¿Quién habrá sido el perro sin sangre capaz de matar a un ángel inofensivo como Fede?

Para cuando eso pasó, ya Maicol tenía fama de ser el ratero que tenía azotadas las fincas de guineo. Él y otro pelao se metían en las noches a robá. Todos en el pueblo andaban diciendo que a Fede lo habían matado por darle un escarmiento al hermano. Una noche dejaron un papel tirado en la casa, en el que le daban veinticuatro horas a Maicol pa' que se fuera. La plata que teníamos ahorrada pa'l celular se la di pa' que se viniera pa' Santa Marta, la idea era que consiguiera un camellito en el puerto y empezara a mandar plata porque ya la niña venía en camino. Lo que nadie se esperaba fue que a los días de llegar aquí lo habían cogido preso por meterse al puerto a robar en un barco.

A raíz de esa noticia la mamá cayó en cama y yo no podía viajar porque estaba a punto de parir y después me tocaba quedarme cuidando a la suegra, hasta que finalmente cerré los ojos y me vine a sacarlo como sea pa' poder regresar a nuestro pueblo.

Es domingo. Me pusieron el sello y estoy muy borracha. No quiero encontrarme con esa traves-

ti porque soy capaz de matarla. Ahí está esa. Delante de mí… como si fuera una dama con ese
pelo llevado del aliser…

—¿Cómo así que este *man* va a entrar primero que yo? —le pregunto al guardia—. ¿Acaso él
es mujer? Que me muestre su concha, a ver si
tiene más que yo.

La tal Chiara me estampa su cédula de mentira en la cara. La prendo de los pelos, quiero
arrancarle la peluca… todas las visitantes corren
como gallinas culecas, hay una vieja en el medio
que intenta apartarnos, le pego en la nariz. La
Chiara me tiene miedo. Llegó el guardia.

El cuarto oscuro. Estamos las tres: la marica,
la que no tenía nada que ver y yo. Ya le dije a la
guardia que a esa travesti no la mande a encuerar
delante de mí, no le quiero ver su picha. Necesito
que esa vieja se deje revisar rápido para que yo
pueda entrar a ver a mi Maicol y darle la noticia.

Afuera se escucha una radio encendida… son
las noticias, el papa ya no viene. Mi borrachera se
fue con él.

La lista

*Era más bien la vida real la que merecía
ser tildada de escapismo.*
ALICE MUNRO

Todo esto es nuevo para mí, ¡qué montón de mujeres hay aquí, y con este sol tan maquiavélico!, ¿cómo hacen? Esa mujer de allí está que revienta con esa barrigota, y tras de eso tiene un par de mellizos al lado. Muchas ganas de venir a visitar, ¿no era mejor esperar a parir y luego venir? Ojalá no vaya a romper fuente aquí, porque ahí sí mi día terminaría de graduarse como «el domingo del año».

Hubiera querido no venir, la verdad es que no me agrada ni un poquito la idea de estar en medio de este poco de viejas… «exóticas». Lo mejor de venir acá es el sello que te ponen, me siento en una película de esas del fin de los tiempos donde te marcan para sobrevivir… en fin… ni siquiera he entrado y ya odio esta mierda.

Yo la cárcel solo la había visto de lejos, cuando visitábamos a una tía que vivía por acá cerca; a las visitantes las veía desde el carro de mi mamá, me parecían locas cuando corrían de un lado a otro; y ahora, aquí estoy, siendo aún más *psycho* por aceptar venir aquí después de todo lo que pasó.

Todavía me acuerdo cuando mi mamá apareció con cara de tragedia en mi cuarto, diciéndome que a mi papá lo habían metido preso. Me demoré un buen rato en asimilarlo, ¿por qué estaría mi papá metido en ese problemón? El *man* se dedicaba a hacer terapias con música a niños y niñas con problemas cognitivos. Ahí trabajaba nada más en las mañanas, y luego regresaba a la casa de mi abuela, donde vivía, y se pasaba el resto del día resolviendo todo el libro de álgebra. Era un tipo realmente insignificante, aburrido. Desde que mi mamá lo dejó cuando yo tenía doce años, no le había conocido ni siquiera una novia. Era el hombre, entre comillas, más pacífico que he conocido en el mundo, al menos se puede conversar con él, cosa que con mi mamá es una misión imposible. «Parece que tuvo un problema con los niños. Una de las mamás dijo dizque tu papá toqueteaba a su hijita».

—Si fue así, tiene que pagar con la cárcel —fue lo primero que atiné a decir.

Mi mamá y mis tías se quedaron pasmadas, nadie dijo nada, hasta que ella misma, para suavizar la situación, dijo: «Es que a ella le gusta todo eso del "feminismo"». ¡¿*What?!*, fue lo único que pensé.

Toda la realidad cayó sobre mí. Una siempre escucha de noticias de violadores por las redes, los pintan como *manes* feos, insensibles y por lo general tipos solitarios con vidas muy desgraciadas. Pero la verdad es que mi papá estaba muy alejado de ese perfil, más bien es un *man* sonriente, la familia lo adora, mi abuela y sus hermanas lo idolatran. Ellas siempre insinuaban que mi papá era mejor que mi mamá, cuando decían: «Tu papá ha podido ser lo que sea, pero nunca le levantó la mano a tu mamá, de hecho, él era quien hacía el aseo en su casa».

Ese día mi mamá no paró de hablar, era como si tratara de rebuscar en sus recuerdos y palabras las razones por las que mi papá no podía ser un violador de niños.

—Que me digan que fue con una mujer adulta, hecha y derecha, hasta de pronto lo creo. Porque varias veces tuvimos problemas porque él se paraba en la ventana a mostrarle «sus partes» a la vecina. Sí, okey... pero no creo que se atreva a tocar a una niña.

¡¿Whatttt?! *Nigga, please*, ¡si es capaz de mostrarle la verga a una mujer que no se lo ha pedido, es capaz de tocar a una niña, es capaz de cualquier cosa! La verdad es que solo dije todo esto en mi mente, a mi mamá no le reproché nada, me quedé callada como una imbécil, escuchando sus siguientes joyas: «Me acuerdo cuando tus primas iban a la casa, él nunca quería que lo abrazaran, e incluso no le gustaba que ellas entraran a nuestro cuarto por temor a que lo vieran desnudo».

Todo eso era verdad, a mi papá no le gustaba que yo me sentara en sus piernas, era superraro, casi no hablaba más allá de lo necesario, le cuesta expresar sus sentimientos, ¡nunca me ha dicho te quiero! La verdad es que en este punto ni me interesa que lo diga.

—Todas esas mujeres a las que tu papá les mostró su cosa ya eran adultas, cuestión de ellas si le seguían el juego o no. El hombre propone y la mujer dispone.

En ese momento no sabía qué era lo que realmente me molestaba, si el hecho de que mi mamá estuviera diciendo algo así o que mi papá estuviera preso y que haya salido en todos los periódicos… ¡la vergüenza de la vida!

—Tienes que ir a visitarlo —dijo antes de salir.

Ni siquiera me dio la oportunidad de decirle si quería ir o no. La verdad era que no quería ir y no sabía el porqué. Me acordé cuando mi papá jugaba al zoológico o a la guerra con Anita, mi prima, y conmigo, nos perseguía por toda la casa para atraparnos, a veces ponía trampas o nos encerraba como sus prisioneras entre los muebles, y si lográbamos escapar nos castigaba con besos. Nos besaba en la boca y nosotras hacíamos todo lo posible para que no nos atrapara.

El otro día, mi abuelo dijo, en una de esas extensas reuniones familiares, que le parecía absurdo que mi papá estuviera preso por una tontería de esas.

—¿Cómo así que porque tocó a una niña? ¿Qué se supone que es eso? Cualquiera toca a otra persona.

La acusación de mi papá decía que rozaba con su miembro a la niña mientras le indicaba cómo tocar la guitarra. «Además eso pasa todo el tiempo», dijo una hermana de mi papá. «A veces uno va en un bus y sin querer algún tipo que va para alguna silla de repente te roza y tú sientes sus partes, pero la mayoría de las veces no es con esa intención. Ahora, hay que tener en cuenta que las niñas se enamoran de sus profes e inventan…».

—Lo capturaron como si fuera un violador —murmuró mi abuela viendo el periódico—. Hoy en día ya no se puede ni acercarse a un niño.
—La pobre reventó en llanto.

No aguanté más tanta estupidez junta y preferí irme de la casa de mis abuelos para ir a la casa de Adonis, mi novio. Adonis me había invitado a ver una película, y obvio, yo sabía que realmente no era una película lo que quería ver, él siempre busca excusas para que estemos solos, siempre dice que le parece increíble que a mis dieciocho años siga siendo virgen, «ser virgen y negra» es una contradicción, decía.

La verdad no sé por qué sigo siendo novia de Adonis, a veces es demasiado imbécil. Cuando me dice que yo soy «la negra más linda del mundo» en serio que me dan ganas de cachetearlo. O cuando presume con sus amigos que él es el más *openmind* porque es novio de una «negrita»… Estúpido Adonis, me dan ganas de terminarle, pero ahora que mi papá está preso y que todo gira alrededor de eso, prefiero estar con él, al menos me manda comida a domicilio, y su cama es grande y supercómoda, puedo fingir que me veo la película con él, pero realmente estaré revisando Instagram o Twitter.

—¿Qué te pasa? —me preguntó Adonis.

No le dije nada, solo lloraba y lloraba, como si no existiera un mañana. El idiota de Adonis no sabía qué hacer. «¿Estás llorando por la peli, bobita?». No, no era la película, pero él no estaba listo para esa conversación.

Lloré en el bus todo el camino de regreso a la casa. A una siempre la miran raro por el pelo desbaratado, pero esta vez la gente me miraba como con lástima. *A las negras cuando no nos miran como un pedazo de carne asada, nos miran con lástima.*

Mi papá es más o menos blanco, y mi mamá es negra como yo, aunque ella diga que es café con leche. La familia de mi papá siempre insinuaba lo mismo que dice Adonis, que el hecho de que mi papá hubiera aceptado a mi mamá a pesar de ser «negrita» y de venir de una familia de vendedores de pescados hablaba muy bien de él.

Cuando llegué a la casa me encerré en mi cuarto. Pensaba en esas cosas que en verdad hacen «especial» a mi papá y nadie sabía. Mi mamá se quejaba todo el tiempo de que la vida con él fue un calvario. A veces mi mamá dormía en el suelo y mi papá en la cama conmigo. Cuando yo le preguntaba por qué dormía ahí, mi mamá decía que era porque le dolían los riñones y el suelo era bueno. Mi papá no dejaba trabajar a mi mamá, pero, antes de separarse, ella había empezado a trabajar en una casa de eventos. En ese tiempo ella se dedicaba a atender el bar de las fiestas que organizaban.

El día en que se separaron, mi mamá peleó muy fuerte con mi papá, porque él decía que no podía estar saliendo de noche a trabajar y dejarme sola; sin embargo, ella se fue y no le importó. Yo me quedé dormida en el cuarto que daba al patio. A veces me daba miedo dormir sola, sentía que algún monstruo iba a salir de la alberca, se iba a meter por la ventana y me iba a comer. Entonces me fui para el cuarto de mi papá, que todavía estaba despierto, y me acurruqué con él. Olía a trago, supongo que se tomó unos roncitos en la tienda después de la pelea con mi mamá.

Cuando ya me iba quedando dormida, sentí que la mano de mi papá me acariciaba en la parte de mis senitos, que apenas me estaban saliendo. Yo abrí los ojos y lo miré, y me di cuenta de que él tenía sus ojos cerrados. Mi papá me abrazó, como los papás abrazan a sus hijas, y me sentí mal por sentirme extraña. En el abrazo volvió a acariciar mis teticas.

—Pa, yo soy tu hija —le dije, porque pensaba que quizá se le había olvidado por los tragos que tenía en la cabeza.

61

—YO SÉ —respondió y me dio un besito en la cara. Luego me preguntó que por qué no me dormía, que si estaba esperando a mi mamá, y yo moví la cabeza diciéndole que sí. Él se levantó de la cama, se puso una camisa, otro pantalón y salió del cuarto.

Recuerdo que escuché que tiraron la puerta de la casa. Eran mi papá y mi mamá, que habían llegado. Él la había ido a buscar a la fiesta en la que estaba trabajando y le dijo delante de todos que su hija no podía dormir porque ella estaba por fuera, que era una mala madre. Mi mamá estaba descontrolada, tiró el televisor y echó al suelo el estante de los libros de mi papá. Él trataba de controlarla, decía que estaba borracha, pero mi mamá le gritaba que esa sería la última vez que la humillaba.

Mi mamá recogió toda la ropa de nosotras en unas bolsas negras, y a esa hora nos fuimos para la casa de mi tía. Yo estaba asustada pero a la vez feliz, porque era obvio que al día siguiente no iba a ir al cole.

Mi papá estaba en la cárcel porque lo acusaron de tocar a unas niñas, y ese día yo me di cuenta de que seis años atrás había hecho lo mismo conmigo. Entonces lloré, el aire me empezó a faltar, sentí rabia por mí, por no confiar en mi intuición de niña, por no saber durante todos estos años lo que había pasado. Sabía que estaba mal, sabía que estaba mal que jugara al zoológico con nosotras y nos besara cuando aún no se nos caían los dientes de leche ni siquiera.

Mi mamá entró al cuarto y no dio para decir nada; con su cara me preguntaba qué pasaba.

—Mami, mi papá sí es un violador.

Yo no dejaba de llorar y de temblar. Tenía la voz cortada, las palabras tenían miedo de salir, sin embargo, le conté lo que pasó esa noche cuando ellos tuvieron esa pelea. Mi mamá me miró incrédula, pero me dio un abrazo.

A los días, mi abuela empezó a pedirle el favor a mi mamá de que viniera a veces a la cárcel a traerle las cosas a mi papá cuando ella y mis tías no podían. Yo no estaba en la lista de visitantes y tampoco había hecho fuerza para ir.

El domingo pasado, hace ocho días, mi mamá vino a la cárcel. Yo ya había notado que ella se arregla mucho para venir a este lugar de mierda, en el que lo único que uno hace es sudar. Cuando llegó a la casa estaba actuando raro, de repente quería hablar conmigo.

Me preguntó si yo creía en las segundas oportunidades. *¿What the fuck?* Depende, por supuesto, de quién y de qué tipo de oportunidades.

Después me preguntó, con su cara bien pelada, qué pensaría yo si ella decidiera volver a estar con mi papá.

—Él está muy arrepentido de ser el mal padre que siempre ha sido —dijo.

63

Empecé a resoplar como un animal y mi mamá lo notaba.

—Hay que dar segundas oportunidades, mija…

—¿Tú le dijiste lo que te conté? —le pregunté.

—No, mija, eso es algo que él me va a tener que explicar, pero cuando salga de allá. No es bueno llevarle más congojas.

¡Por Dios! Yo no podía creer nada de lo que estaba escuchando. Eso seguro mi papá le dijo que le iba a dar la casa de ellos, que después de la separación se la quedó él. Después de que ellos se separaron, mi mamá y yo quedamos sin nada, viviendo donde mi tía. Seguro le dijo que iba a empezar a mantenerla cuando saliera, seguro le prometió ser su banco. Todo eso a cambio del silencio.

—Te metió en la lista de visitas, te quiere ver, sé amable.

Y aquí estoy haciendo esta puta fila, esperando que unas putas y una trans terminen de pelear, para entrar y darle la noticia a mi papá de que no seré amable, de que sí iré a su audiencia, pero no para decir que es un buen papá, sino que no deberían dejarlo salir nunca más, por partir mi corazón y dañar a otras niñas.

Chiara

Estuve presa por seis años después de cortarle la cara a un policía que quiso tirársela de vivo. Todo trabajo es digno, y el que trabaja merece su paga, sea el camello que sea. Además, independientemente de la plata, uno no puede ser tan malparido de aprovecharse del débil, de la persona indefensa, na' más porque tiene un revólver o un uniforme, para mí eso es el *valeverguismo* en todo el sentido de la palabra, y yo no podía dejársela pasar. En mi casa me enseñaron que la mala educación hay que corregirla, de la forma que sea.

Con todo y que la cosa se veía pelúa, terminé pagando solo la mitad de la condena, porque la marica tuvo buen comportamiento allá adentro; hacía el aseo al patio, lo mantenía brillante, organizaba el reinado gay, el torneo de fútbol femenino, y hasta recogía la ofrenda en la iglesia.

Aunque confieso que al principio no era así; cuando entré me tocaba pararme en la raya pa' que los *manes* del patio no me la montaran, porque como todo el mundo sabe, los hombres no pueden ver a una marica, porque no sé qué verga les da. Yo siempre he pensado que la rabia contra nosotras, las que nacimos hombres, no es por el hecho del mariqueo en sí, de que a una le gusten otros hombres, la rabia es cuando decidimos ser «femeninas», vestirnos como mujeres, hablar de esa forma y movernos como una, en todo el sentido de la palabra; no, para mí, la rabia del hombre y de la gente en general es en contra de las propias mujeres, cosa que no entiendo, porque esos «machitos» que se llenan la boca diciendo que son los más hombres de todos, a los que les gustan las mujeres, que son lo más mujeriegos, son esos mismos los que nos la montan, y reafirmo mi idea cuando veo en la calle que se la montan a las areperas que son así, todas amachadas, de nuevo siento yo que la rabia no es por el hecho de «hacer arepa» con otra vieja, la rabia es por intentar imitar al hombre, entonces las hacen sentir menos, que no están a la altura. En definitiva, este mundo es al revés, se odia todo lo que sea femenino, y es eso mismo lo que se desea, lo que da vida, como las madres. Cómo quisiera escaparme un ratito al cielo y abrazar a la mía…

Todo ese cambio y esa buena conducta mía allá adentro fue gracias a que conocí el amor; en serio, si no hubiera sido por eso, yo todavía estaría metida en ese hueco, bien macabra, destruida, aguantándome a los malparidos de los otros presos, porque a pesar de que hice varias solicitudes al director de la cárcel, nunca me quisieron pasar pa'l patio de mujeres. La verdad es que aquí afuera es mi lugar, no hay nada como la libertad, vivir suelta como las gallinas, como me gusta a mí… lo único que me falta para estar enteramente feliz, realizada y en la cima es mi amor, la razón por la que me ajuicié, mi Maicol.

Maicol es el hombre más macho que yo he conocido en mi vida, todavía me acuerdo cuando recién llegó al patio, ¡ese tipo me volvió loca! No podía creer lo alto que es, esos ojitos achinaítos como si fuera japonés, y el pelo así, como un micrófono. Fue la primera vez que le di gracias a Dios por estar en el patio de hombres; nunca había visto a un *man* tan bello y tan cagado del susto, su cara asustadiza me dio mucha ternura. Al principio, el tipo no hablaba con nadie, y de vez en cuando lo veía fumando en las gradas de la canchita, solo, sin tratar con ninguna persona.

El primer domingo nadie lo llegó a ver, y no tuvo de otra que hacerse en el lado en el que nos ponemos los que no recibimos visitas. Él se veía apagado, triste, como todos al principio, cuando nos damos cuenta de que no le importamos a nadie. Yo me le quise acercar pa' meterle conversación, pero, como era de esperarse, me dejó con la palabra en la boca. Ni modo, era así, muchos *manes* en la cárcel evitan hablar con las maricas porque después se las montan, y hasta los pueden violar… por eso lo entendí, o sea mi intención tampoco era boletiar al hombre, hacer que terminaran montándosela allá adentro. Al contrario, por primera vez en mi vida preferí mantener la distancia, como dicen, y hacerme la loca.

Dentro de la cárcel hay cosas que se hacen todos los días, es una rutina aburridorsísima, pero que hay que cumplir, porque ajá, si uno la caga, eso afecta a todos los del patio, como pasó un día en que ya teníamos que estar formados, porque era la hora en que los guardias nos contaban para saber que estábamos completos y cerrar las puertas. Pa' esa época yo no me relacionaba con nadie, y siempre estaba a tiempo a la hora del conteo. Nos contaban y teníamos que ir a «dormir». El guardia empezó a contar y la cuenta no le dio; faltaba uno. Al principio creyó que era un error de él y volvió a contar, pero cuando llegó al final se dio cuenta de que seguía faltándole alguien. Todo el mundo estaba azarado, porque cuando eso pasa, los guardias se quedan ahí con uno hasta que se sepa dónde está el sujeto, y si era de pasar toda la noche despiertos, se pasaba. En el patio había una regla: el que la cagaba, la pagaba. Después de que había pasado como una hora y media ahí esperando y buscando quién faltaba, el mandamás del patio, que era un pastor, dijo que hacía falta Jhon, que siempre se quedaba en el patio de los fumones. El guardia nos dijo a todos que esperáramos ahí, sin que nadie se moviera, y lo fue a buscar. No pasó mucho tiempo cuando regresó con el Jonky, como le decían, casi a rastras, ese pelao ni él mismo se entendía, no era la primera vez que se quedaba tirado como una chácara después de trabarse, y ya se la tenían sentenciada. Después de que los guardias se fueron, al Jonky lo cogieron en la madrugada, lo metieron al baño y como entre diez hicieron fila para masacrarlo a golpes, hicieron una bola de trapo y jabón y con eso le dieron hasta que se cansaron. A la semana de eso, el pelao se suicidó dentro de la iglesia de la cárcel.

La primera vez que hablé con Maicol le conté esa historia, porque por su culpa casi nos castigan a todo el patio, pues se había quedado dormido en una banca y no había ido a hacer la formación. Él solo me agradeció, pero no me volvió a dirigir la palabra. Yo aprovechaba pa' medio hablarle los domingos que él se ponía ahí con los pelaos a jugar dominó, a veces me defendía de lo retaques que me hacían los demás y así poco a poco fue creciendo una amistad bonita, hasta que, bueno, pasó lo que tenía que pasar entre los dos… la verdad es que yo me empecé a enamorar de ese hombre y todo iba bien, excepto por dos cositas: uno, yo ya estaba próxima a salir libre, y dos, la mujer de él ya había llegado del pueblo y lo empezaba a visitar.

Al principio yo me atacaba un montón, porque ajá, la tipa esa como por dos meses no había venido a verlo ni nada, aparte que llegaba *full* temprano, menos mal que se iba en la primera tanda, no se quedaba hasta el final; ahí aprovechaba yo y pasaba un ratito con él. Todo el mundo en el patio sabía que Maicol era mi marido, y cuando se enteraron de que la muje' de él se llamaba Katherine empezaron a decirme a mí así también, «Kathe», hasta los guardias me decían así mamándome gallo. Yo, por mi parte, empecé a joderle la vida diciéndole que era ella o era yo, que no me aguantaba esa vaina. Y ella como que en algún momento escuchó las mamaderas de gallo de los presos, porque él de un momento a otro se puso todo arisco conmigo, como que «no demos tanta boleta», y obvio yo me escamosié y empecé a molestar con otros *manes* del patio.

En ese tiempo nos alejamos bastante, yo me la pasaba era con las otras maricas, o *hazañosiando* con los pelaos, a ellos les gustaba convidarme a pelear dizque pa' ver si peleaba como hombre o como mujé; ridículos, siempre les daba sus pelá. Los domingos él se la pasaba paseando a su mujer y a su hija por toda la cárcel, y yo como una boba llorando por los rincones. Decidí que no iba a volverle a hablar y empecé como a acercarme a otro *man* que sí es frentiao con esto del mariquismo, no se ponía a tirársela del que no ha comido marica, sin duda estar con él era mejor en ese aspecto.

Una noche, cuando todo el mundo estaba durmiendo, sentí que alguien me estaba tocando. Yo me asusté porque en ese patio casi todo el mundo dormía tirado en el suelo, uno encima del otro, y a las maricas que nos tocaba dormir así, porque no teníamos celda pagada, siempre intentaban violarnos. Por eso, cuando sentí que alguien me estaba tocando me hice la dormida con los ojos apretados, hasta que sentí una voz que me dijo: «Soy yo, Chiara». Era Maicol. Me desperté y lo vi ahí, en medio de todos esos cuerpos dormidos, que me parecían muertos, con sus ojitos chiquitos llenos del azul de la noche, llenos de vida entre tanta muerte…

Ahí estábamos él y yo, dos sobrevivientes en medio de ese poco de cuerpos. Maicol no sabía cómo empezar a hablar, no sabía qué decirle a esta mujer que estaba frente a él. Cuando estás en un lugar como la cárcel y eres una mujer negra trans, darle un beso a alguien, a la persona que te gusta o amas, como yo a Maicol, se vuelve una cosa de vida o muerte, un acto de héroes. Yo lo hice, lo besé, sin mirar atrás. Maicol intentaba mirar pa' ver si se despertaba alguno, pero finalmente me abrazó.

—Ya sé que en estos días sales libre —me dijo.

Sí, ya me habían notificado, y no se lo había dicho a nadie, no sé cómo lo sabía, era mi secreto, en verdad quería irme sin tener un adiós con él, realmente me dolía aceptar que todo este tiempo yo fui pa' él el culo con el cual se desahogaba.

—Yo quiero que seas mi Katherine.

—Yo no quiero ser tu Katherine, quiero ser tu Chiara.

Maicol me apretaba muy fuerte con su abrazo, me decía al oído que cuando estuviera afuera me iba a buscar y que nos íbamos a ir juntos para Estados Unidos.

—¿Y Katherine? —le pregunté.

Según Maicol, Katherine le estaba pagando un abogado que le había dicho que su salida sería por muy tarde en dos meses y que la audiencia estaba próxima a salir. Así a simple vista lo que estaba claro era que Maicol se estaba aprovechando de Katherine para que lo ayudara a salir y así poder estar conmigo para siempre. Me dijo que regresara en dos meses, pero yo desde que salí no he dejado de venir a verlo ni un solo domingo, y eso que han pasado cinco. Anoche me llamó a decirme que Katerine sin h, como le decían los presos, le había dicho que hoy le iba a dar una sorpresa, al parecer finalmente la mujer logró su salida. Lo que él no sabe es que yo le tengo otra: logré conseguir dos cupos pa' irnos por el puerto. Lo que es pa' uno es pa' uno, lo siento mucho por Katerine, pero seguramente Maicol desde los Estados Unidos le puede mandar todo lo que su hija necesite.

No veo la hora en que acabe esta espera; por culpa de la borracha que no soporta ver a una marica hacer la fila con otras mujeres estoy aquí esperando que me quiten la pantaleta, la cinta, para sufrir la peor humillación de mi vida al ser revisada. Las guardias saben que no soy una mujer, por eso me han dejado de última, seguro mandaron a llamar a un guardia para que me revise. En otro momento hubiera formado mi verguero para que ellas mismas me hicieran la requisa, pero ahora solo quiero entrar y decirle a Maicol que me dé su nombre completo porque nos vamos. Solo debo resistir. Están revisando a una que no tenía nada que ver con la pelea entre la borracha y yo.

—Está prohibida la ropa interior de color negro —dice la guardia mientras la pobre mujer que no tenía por qué estar aquí tiembla de miedo.

—¿Hasta la interior? ¡Hágame el hijueputa favor! —debí quedarme callada. Me la van a montar.

La guardia deja a la pelada y viene como una leona.

—Tengo a mi perro solo. ¿Puedo devolverme? —le escuché decir.

Las dos guardias nos hicieron señas a la borracha y a mí para que entráramos y se fueron como lobas pa' encima de la pobre, que seguramente va cargada.

El matrimonio de Onnie

Por fin recibí la llamada que tanto había esperado: me contactaron de un periódico para trabajar como «editora junior». Ya sé que todo lo que dice «junior» es mano de obra barata, pero era mi oportunidad de salir de la ciudad y por fin vivir fuera de la locura de mi casa.

A mi tía «la Loca» la acababan de coger presa, y mi abuela estaba destrozada. Casualmente el día en que me tocaba viajar para ir a hacer la entrevista era el día en que le iban a hacer la audiencia de imputación de cargos, y me tocó ir a acompañar a mi abuela y a mi mamá, porque estaban hechas un mar de lágrimas, desconsoladas y a la vez muy alertas, al contrario de mi abuelo, que había decidido no ir, dizque para no tener que soportar verla esposada, y de mi tío, que tampoco fue, con la excusa de que tenía demasiada rabia para ir a visitarla. Si ellos fueran columnas ya todo se habría venido abajo, pero afortunadamente existen ellas, que, aunque suplicaron, no las dejaron entrar a escuchar lo que pasaba en la sala y mucho menos verla.

Era un momento incómodo; mi abuela y mi mamá se comportaban como si mi tía fuera una víctima. Pero la verdad es que la vieja se había convertido en una clonadora de tarjetas de crédito, y siempre se la ha pasado metida en problemas; antes vendía electrodomésticos dañados, en otro tiempo también vendió droga, planes de celular chimbos, paquetes de turismo falsos, y la última perla era esta.

Me hubiera gustado decirle a mi abuela que no llorara, que estaba bien que estas cosas pasaran para que ella por fin cogiera un escarmiento y la familia descansara de tanta angustia. Pero no, solo podía atinar a abrazarla y a decirle que todo iba a estar bien y que seguramente mi tía era tan solo un producto más del país tan injusto y podrido en el que vivimos.

El día había estado nublado desde muy temprano, pero cuando estábamos allí, afuera de la sala de audiencia, empezaban a caer las primeras gotas, y de repente ya no eran poquitas, sino que nos golpeaban fuerte en nuestras caras. Como cachetadas.

Me gustan los atardeceres lluviosos más que las mañanas, porque tienen un color amarillo vibrante y un olor a cerro cercano que solo existe a las cuatro y media de la tarde.

Nosotras corrimos para refugiarnos en una cafetería diagonal a la Fiscalía. Mi abuela pidió una aromática, mi mamá un agua con gas y yo un café sin azúcar. El tiempo allí fue más lento y el lugar se fue llenando cada vez más de gente que huía de la lluvia. Mi abuela y mi mamá no paraban de hablar de lo mismo: «la Loca». *Todo lo que yo iba a hacer con ella para convertirla en una mejor persona y...*

Yo no podía dejar de mirar por la ventana, de observar el agua escurrirse por aquel vidrio, a los transeúntes saltando los charcos para salvar sus pantalones, a las ancianas improvisar sombrillas y a los niños saborear la lluvia. Ese paisaje humano no era nada comparado con aquella imagen que se superponía ante todo; parecía sacada de uno de aquellos atardeceres llenos de zancudos.

Ella tenía el cabello cortico, pegado a su cuello, pero aun así lo llevaba amarrado en un intento de cola de caballo; usaba una bata blanca, unos collares largos marrones, medio ancestrales, y sus chancletas estaban bastantes desgastadas... y estaba ahí perdida, abrazada a la columna de la sala de audiencia. Sentí esa necesidad de niña de hablarle. Como cuando una quiere ser amiga de otra. Los fragmentos de lluvia me empañaban los vidrios de mis lentes, no me dejaban divisar... ¿A quién espera?

Mi mamá miró su reloj y nos dijo que nos acercáramos a la sala, que la audiencia estaba por terminar, y quería que mi tía supiera que estábamos ahí cuando la sacaran, que nos viera. En medio de la expectativa de ellas yo solo podía mirarla.

—Se llama Onnie —dijo una vendedora de tinto—. Cada vez que hay una audiencia se para aquí para ver si es su marido, el Pastor.

Onnie también me miró. Se dio cuenta de que nosotras también esperábamos a alguien. Mi mamá, a quien le gustaba figurar como una persona muy sociable y dada a los más desfavorecidos (pero en realidad no es así), se le acercó para preguntarle qué hacía allí. Onnie empezó a emitir sonidos que no entendíamos; estaba claro que esa mujer tenía problemas para hablar, para comunicarse… era como una niña. Como pudo se hizo entender, habló con su cuerpo, dijo que tenía cinco meses de embarazo y que su marido preso estaba a punto de ser llevado para la sala de audiencia. El gesto de lástima de mi mamá me dio pena. Asistencialista, paternalista, como si ella estuviera mejor que aquella mujer.

Desde ese día yo no dejaba de pensar en Onnie. En su marido, en ese bebé que venía en camino. ¿Había conocido a su esposo antes o en la cárcel? A veces hablaba con mi abuela y le preguntaba en nuestras cortas conversaciones cómo iba el proceso de «la Loca», y ella siempre respondía lo mismo, que su pobre hija estaba viviendo un infierno por culpa de elegir mal a sus amistades, que ella era una buena mujer, solo que muy ingenua; y finalmente remataba diciendo: «¿Cuándo vienes a visitarla?».

Ir a Santa Marta era lo que yo más quería, e ir a esa cárcel también, pero no precisamente para ir a ver a «la Loca»; quería ver a Onnie, de pronto ella también iba a la cárcel a ver a su marido; quería hablar con ella un poco más, entender su lenguaje. Por eso, la última vez que hablé con la abuela le dije que sí, que iba a ver a «la Loca».

El domingo siguiente viajé de donde trabajaba a Santa Marta, y de pronto me vi en la fila de la cárcel con mi mamá y mi abuela. Ellas no decían palabra alguna, solo se dejaban llevar por la fila, en cambio yo quería ver a Onnie… confiaba en la fidelidad que veía en sus ojos. De pronto escuché que alguien en la fila dijo: «¡Miren a Onnie!». Onnie recién se ubicaba en la fila; tenía un vestidito blanco puesto, una corona de flores improvisada y sus mismas chancletas.

Onnie había conocido a su marido años atrás, cuando venía a visitar a su hermano menor con su mamá. El jefe del patio era un tipo que está preso hace muchos años, nadie sabe por qué tiene tantos años en prisión, pero se convirtió con el tiempo en un pastor evangélico y a la vez en el jefe máximo de ese patio… ahí no se mueve ni una hoja si ese señor no lo sabe. Él manda más que los guardias.

Decían también que Onnie era la última visitante que salía. Repetía que tenía cinco meses de embarazo para que las demás la dejaran pasar sin hacer la fila… todo el mundo sabía que era mentira, Onnie simplemente lo repetía como si fuera un robot desde aquella vez, hace más de tres años, cuando en realidad estaba embarazada y una tarde salió de la cárcel sin estarlo. El Pastor le practicó un aborto allá adentro con la promesa de que se casarían, luego él iba a ser libre y serían felices.

Hoy es el día del matrimonio de Onnie.

Las demás visitantes no dan crédito; Onnie lleva doce meses llegando vestida de novia con las uñas garabateadas de color naranja.

—Me encontré este pintaúñas en la calle Verde —balbuceaba.

El Pastor es un tipo normal, me contaron las visitantes, y Onnie es la obra que él está haciendo para redimir sus culpas, les contaba a los otros presos. Pero ellos saben, según ellas, que con Onnie el Pastor hace lo que quiere, lo que nadie se imagina, pero, sobre todo, más allá de los maltratos y las violaciones, Onnie es quien mueve todo en ese patio y en la cárcel en general, dicen que en su barriga de cinco meses tiene billetes, drogas y hasta armas. A ella no la revisan… ni los perros la olían, y no porque fuera «mongólica», sino porque era la mujer del Pastor.

Es fácil pasar desapercibida cuando todos creen que eres una enferma, loca e insignificante; es fácil que el pesar nos nuble y no podamos ver el poder que una mujer puede tener.

Onnie sabe que su marido nunca va a ir a una audiencia. Sabe que nunca va a salir, al menos no así, tan fácil. Él es de esos presos que deben pasar toda la vida en la cárcel; la única manera de salir es un escape o un milagro de Dios. ¿Y Dios? Es Onnie.

Los meses siguientes me dediqué a seguirla. Es la única hija de su mamá y tiene un hermano menor, Erwin, alias «El terror de las chicas de la 5.ª». Como Onnie vende dulces por la calle Quinta, cuando era muy tarde por la noche Erwin salía de su casa dizque para ir a buscarla y así evitar que cualquier enfermo abusara de ella. Pero resulta que en el camino de buscar a su hermana discapacitada, abusaba de cualquier muchachita que estuviera sola esperando el bus, hasta que un día pasó lo que suele pasar, y es que el cuerpo de la mujer no es suficiente, sino que la sangre se convierte en trofeo. Y Erwin se convirtió en un monstruo que no solo las violaba, sino que las mataba y las dejaba a la intemperie, tiradas en el asfalto, como sorpresa para los transeúntes nocturnos y conductores.

La policía no demoró en capturarlo, es un hombre negro empobrecido, la justicia sí existe para ellos. Onnie, fiel a su hermano, no dejó de visitarlo ni un solo domingo; era su manera de agradecerle que fuera por ella cada noche. No dejó de vender dulces aunque muchos locos trataran de violarla por venganza, o mujeres llenas de ira la golpearan en la calle. El dinero que los dulces le dejaban era para llevarle a su hermano cigarrillos y su comida favorita: arroz chino.

Erwin empezó siendo el más odiado de la cárcel, pero con el tiempo se convirtió en uno de los hombres que recogía las ofrendas del Pastor, fuera de la iglesia y dentro. También recogía los arriendos de las celdas e imponía castigos a quienes incumplieran las reglas del patio.

Un día Erwin se quedó dormido o trabado mientras los guardias los contaban a todos. Cuando lo encontraron le dieron una paliza que lo dejó por mucho tiempo en la enfermería de la cárcel. El Pastor acompañó a Onnie y a su mamá todo el tiempo que lo visitaron, y se dio cuenta de que Onnie ingresaba cosas que ninguna otra visitante traía: tijeras, pegante, colores, para pasar el tiempo en la enfermería con su hermano. A partir de ese momento, ella sería su novia; «la enfermita», como la llamaba, quizá era su salida.

Erwin murió dentro de la cárcel sin pagar la cuarta parte de sus delitos, y su hermana Onnie, fiel a la hermandad, se hizo la nueva mano derecha y mujer del Pastor, y por supuesto miembro de la iglesia. Su sueño era casarse, y el de él, salir.

El día del matrimonio de Onnie es cada domingo… Hoy estamos aquí en la fila, lo mismo de siempre, una pegada a la otra. Odiándonos, pero unidas por una misma situación. Onnie está un poco nerviosa, alguien le pregunta por qué su marido está preso, ella solo niega con la cabeza. Reza bajito en el rincón en el que siempre se ubica.

La visita

Cuando metieron a mi hijo preso él tenía veinte añitos, y recién me había hecho abuela. Él es malo, no lo voy a negar, y es por eso que estuvo aquí todo el tiempo que la justicia determinó. Pero su libertad me quitó mi felicidad, y no tanto por las diabluras que él hace en la calle, sino porque eso significaba dejar de venir aquí, a mi lugar de recreación y entretenimiento.

A Santi, mi hijo, lo encarcelaron por levantar a patadas a su exmujer hasta reventarla toda, en medio de las fiestas patronales del barrio. Estaban sentados en las bancas del parque y seguramente sonaba una de esas salsas que suenan a peligro, a pelea, a sangre… A lo mejor Santi estaba drogado, como casi siempre lo está, y ella, que sabe muy bien que cuando él está borracho y pasado no puede hablar con nadie, seguramente lo hizo, desató la rabia del muchacho y pasó la desgracia. Lástima que todo el mundo lo vio y la policía lo cogió en flagrancia, porque ella no le quería poner denuncio ni nada, ella sabe que lo provocó. Y por eso desde ese día yo empecé a venir a la cárcel a ver a mi hijo… aunque hace años atrás había visitado, eso es algo que quisiera dejar atrás, porque ahora era diferente, venir a la cárcel se convirtió en mi plan favorito de domingo, levantarme muy temprano a organizarle la comida, la ropa, comprarle su vicio y hacer todo lo posible para que los guardias no me lo cogieran… venir a la fila, tomar tinto, conversar, discutir y peinarnos las unas a las otras para entrar presentables. Pero la mejor parte es cuando una está adentro, allí es como si una caminara en un mar de hombres, un mar donde la inmensidad es una, porque una es quien llega con todo lo que es necesario e importante para ellos, y no solo se trata de ropa, comida y vicio, se trata de información real, no la que ven en los noticieros embusteros que les dejan ver; se trata de un momento de cuentos y risas, y hasta realidad, porque al fin y al cabo vivir allí es estar por fuera de todo.

Como yo le traía su vainita a Santi cada vez que me lo pedía, los muchachos cada vez que yo llegaba se acercaban a la celda para hablar conmigo, decían que yo era una «mamá bacana», se quedaban hablando conmigo toda la tarde que estaba allí, comían con nosotros, y Santi a veces hasta se ponía celoso de ver que sus compañeros de patio corrían como locos cuando yo entraba. Se empezó a calmar cuando se pilló lo bueno de que todos esos muchachos estuvieran encantados conmigo. Entonces yo ya no metía la vaina solo para él, sino para que les vendiera a sus amigos de allá adentro.

Desde que mi hijo me metió en ese negocio, yo cogí vida, me volví necesaria para los de ese lugar y ya mis visitas eran más que ir a ver a mi hijo. Las otras visitantes que sabían lo que yo hacía me aconsejaban que me dejara de eso, que yo ya estaba muy vieja para ponerme en ese tipo de riesgos. Pero la verdad es que yo ya no le tengo miedo a nada, y más si es por mi hijo, a quien le debo la vida. Él me salvó de la muerte hace muchos años, cuando mi exmarido me pegó veintipico puñaladas por todo el cuerpo. Él tuvo que defenderme siendo un niñito, lo noqueó con la tapa de la olla de presión. Por eso, yo siempre lo digo y lo afirmo: él no tiene la culpa de ser así, malo, es que es lo único que vio y a lo que se enfrentó.

Duré un mes metiendo la vaina sin ningún tipo de problemas ni con los guardias ni con los jefes del patio, hasta que un domingo que recién llegaba se me acercó Walter, un tipo rapado, alto, gordo y lleno de tatuajes que yo siempre veía rondeando y mi hijo me decía que ni lo mirara, que ese era el que vigilaba y mantenía el orden en el patio. Por supuesto me asusté muchísimo, pues él trabajaba con el Pastor, que supuestamente cuando mandaba a llamar a una visitante así era para hacerle una advertencia o, en el peor de los casos, castigarla, con lo que más le duele a una que son sus presos. Walter se dio cuenta de que yo estaba un poco nerviosa, me sonrió y me dijo:

—Tranquila, que el Pastor no muerde. Él es justo.

Cuando salí de la reunión con el Pastor me sentí aliviada. Por un lado, el tipo obviamente me mandó a llamar por lo que ya se sabía, y me pidió el favor de que no lo hiciera más por la seguridad de mi hijo. Me la perdonó. El problema iba a ser cuando le contara a Santi, ese tiene un genio… y no le gusta que le den órdenes, porque él se cree el mandamás de la película, él no iba a aceptar que alguien le diera órdenes. Walter notó mi preocupación y se ofreció a hablar con mi hijo de la manera en que se entienden entre ellos. Lo único que le recomendé es que no me le hiciera nada.

Los domingos siguientes Walter siempre estaba en la celda de Santi y se quedaba con nosotros a comer, a jugar cartas o dominó. Poco a poco yo me fui dando cuenta de que Walter no era el ogro que yo pensaba, era más bien un señor caballeroso, amable y demasiado atento, pero lo más importante es que se convirtió como en el guardia de mi Santi, a quien le gustaba meterse en problemas en la cárcel.

A los meses de iniciar mi relación sentimental con Walter, le dieron salida a Santi, la ex no puso denuncia, nunca apareció a testificar y, en fin, pudo salir. Todos pensaban que se había acabado «mi calvario», como otros lo llamaban, pero gracias a Dios yo tenía a Walter para seguir yendo a la cárcel, seguir despertándome temprano los domingos, preparar comida, meter cualquier cosa caleta y pelear en la fila con las otras visitantes. Aunque el mundo entero me lo criticara yo seguía visitando a Walter cada domingo, superpuntual, y le rezaba todos los días a Dios para conservar esa relación, porque si se acababa yo ya no tendría razones para ir y no estaría en ninguna lista de visitantes.

Pero, como suele pasar, Dios no me escuchó, y el Walter empezó a recibir otra visita, no sé de dónde habrá sacado a esa mujercita, pero lo cierto es que cuando yo lo iba a visitar me dejaba como una plasta de mierda en el patio hasta que ella se iba y medio me atendía… obviamente yo me la pillé, y empecé a hablar con un muchachito amigo de Santi, al que nadie visitaba, y le dije que me pusiera en su lista, que yo de ahora en adelante iba a verlo a él. Todos los domingos iba con unas trenzas y una licra diferente para que cuando Walter me viera se muriera de los celos al verme tan emperifollada con un muchachito que podía ser mi hijo.

El pelao como que se había puesto a regar en la cárcel que yo estaba enamorada de él y por eso iba todos los domingos a verlo, al parecer hasta describía cómo me hacía cosas en la celda, hasta que eso llegó a oídos de Walter. Ya no tenía nada conmigo y tampoco quería tenerlo, porque andaba con una nueva mujer, pero el siguiente domingo que fui a ver al muchacho me dijeron que se encontraba gravemente herido en la enfermería. Mientras estuvo ahí lo visité sin faltar ni un domingo, pero cuando ya se despertó me dijo que prefería que su lista de visitantes estuviera vacía a que lo mataran por mi culpa.

Desde ese día todos los domingos me parqueo aquí, en la entrada de la fila de las visitantes, tirando ojo para ver quién se arrepiente de entrar, para escuchar cualquier conversación donde alguien diga que tiene a un familiar preso pero que no quiere visitarlo, solo mandarle ropa y comida con alguien, para ofrecerme. Aquí ya todas saben que yo ofrezco ese servicio, soy una visitante en alquiler.

Encerrada y embarazada

Todos los domingos me hago la misma pregunta: ¿qué pasaría si un día solo le digo que no iré más, y ya? Mientras busco una respuesta en mi cabeza intento ponerme las sandalias. Uf, esto es horrible, me duele todo. Cada día se me hace más difícil agacharme, siento que mi cuerpo en algún momento ya no soportará. Además, los pies también están que se revientan. Antes de ayer salí de la clínica, estuve hospitalizada como por tres días, y el doctor me dijo que si no se normalizaba la presión lo tenían que sacar. Estamos en riesgo los dos.

El médico me dice que me mantenga este último mes en reposo, que levante las piernas y demás… pero aquí en la casa hacer eso es cada vez más difícil porque significa que me voy a ganar un reguero de regaños, porque cuando mi papá, que es el que nos está manteniendo ahora, me ve acostada con las piernas pa' arriba, me dice: «Espero que el domingo también te quedes en reposo». Enseguida me daña el día, empiezo a caminar como una loca por toda la casa, voy a la tienda aunque no tenga que comprar nada, llevo a mi hermanita al colegio, me subo al techo a limpiarlo, solo para que no me la monte porque voy a verlo.

Aunque yo lo entiendo a él también, dice que él esperaba que yo saliera adelante, que estudiara e hiciera todas esas cosas que él no pudo hacer. Eso suena muy fácil, pero cuando una vive en las condiciones de esta casa, qué va a estar pensando una en estudiar. Mi mamá se fue pa' Ecuador y no ha vuelto más de allá; él ha tenido como cinco mujeres, y todas lo han dejado porque no lo soportan. Una de ellas le parió otra niña, que es Aura, mi hermanita de diez años. Esa fue la que lo metió preso por violencia intrafamiliar y luego se fue y nadie sabe dónde está. El año que duró ahí metido me tocó a mí cuidar a Aura, atender su negocio, hacerles trenzas a mis clientes e irlo a visitar cada domingo. No tuve ayuda de nadie de la familia porque nosotros no somos de aquí.

Y fue entonces cuando apareció él para sanar todo lo que me dolía en esta perra vida. Un viernes por la noche una muchacha me había escrito a mi Facebook que fuera a su casa a hacerle unas trenzas, porque al día siguiente empezaban los carnavales. A su casa me presenté con Aura a las buenas siete en punto de la mañana y me abrió él, el pelao más simpático de esta ciudad. Era todo rapado, chaparrito, como me gustan a mí, y gruesito, porque a mí el hombre flaco no me llama la atención. Le dije que era la muchacha de las trenzas, que iba buscando a una pelada llamada fulana de tal, y me dijo que sí, que era su hermana, que pasara. La muchacha me hizo esperar mi tiempo ahí, y mientras tanto él desayunaba una taza de avena bien caliente con pan. No me miraba mucho porque estaba concentrado en el celular viendo videos, pero yo no podía dejar de mirarle la manga de tatuajes que tenía en su brazo derecho. En un momento en que se fijó en mí le metió un grito a la hermana pa' que se apurara. Subió las escaleras y luego bajó con un uniforme de enfermero. La hermana me dijo que su hermano era auxiliar en una ambulancia y que trabajaba todo el día. Ese día le terminé el servicio muy rápido a la muchacha porque ella es de pelo bien delgado y poquito, pero le cobré lo mismo que a cualquiera, porque la tiendita de mi papá yo casi ni la abría, así que necesitaba el billete.

Cuando llegué a la casa empecé a revisarle el Facebook a la muchacha para ver si encontraba el perfil de su hermano. Tenía varias fotos con él de cuando eran más pelaos, pero no había una etiqueta al perfil. Me metí a los comentarios, porque a veces la gente comenta desde su perfil y así uno encuentra al que está buscando, pero tampoco fue el caso. Lo que sí ocurrió fue que había un comentario de la mamá; abrí el perfil de la señora y enseguida vi una publicación colgada en su muro donde tenía a cada uno de sus cinco hijos etiquetados. Abrí cada uno de los perfiles hasta que di con él. Édgar Ojeda. Sin pensarlo le di clic a «enviar solicitud de amistad». Esperé como diez minutos pegada al teléfono a ver si respondía, pero no.

A los tres días, cuando ya me había olvidado de él (porque así era yo, me entraba el afán con un tipo a primera vista y ya después estaba estalkeando a otro), me llegó la notificación de que Édgar había aceptado mi solicitud de amistad, y tenía un mensaje suyo. Desde ese día empezamos a chatear día y noche. Llegaba a mi casa después de que entregaba turno, hacíamos hamburguesas o perros calientes, y Aura lo amaba.

Yo le conté a mi papá que tenía novio antes de que le fueran a decir, porque, aunque uno no lo crea, en la cárcel se enteran de todo lo que pasa afuera. Mi papá me pidió dos cosas: la primera, que no lo fuera a meter a la casa, o sea que no durmiera allá, y la segunda, que Édgar lo fuera a ver para hablar con él.

Lo primero no ocurrió, lo segundo sí. Lo primero era imposible; Édgar empezó a ser el que prácticamente nos mantenía, compraba la comida, estaba pendiente de todas nuestras cositas, casi a mi papá ya no le dábamos quejas de nada, y a veces pasaba a recoger a Aura al colegio en la ambulancia.

Pero toda esa felicidad acabó cuando a mi papá le dieron salida, porque, aunque dejaba que se quedara a dormir a veces, no le gustaba que Édgar estuviera todo el día en la casa. A los cuatro meses de que mi papá fue libre, salió un video en vivo en Facebook en el que daban la noticia de que acababan de capturar a dos trabajadores de una ambulancia por transportar droga. Eran Édgar y el paramédico.

Desde ese día empecé a visitar cada domingo a Édgar. Mi papá puso el grito en el cielo. Cuando era el día de la visita me dejaba encerrada en la casa y me escondía la cédula o la ropa. Pero a mí nada me detiene; haga lo que haga, yo siempre voy a marcharle firme a mi marido, porque cuando yo estuve sola él nunca me dejó.

Hace ocho meses empecé a sentirme extraña, todo lo que comía me caía mal. No soportaba el olor del gel cuando peinaba a Aura y me empezó a caer peor mi papá, no lo soportaba. Los senos me picaban y pesaban; al principio pensaba que era la regla que estaba por llegar, pero pasó el tiempo y nunca bajó.

Aunque me negara a la idea, al final le cogí plata a mi papá y fui a la farmacia a comprar una prueba de embarazo. Me la hice en el baño de la casa de la mamá de Édgar. En las instrucciones decía que eran dos goticas de orina las que tenía que echar; yo le eché como cinco, y enseguida se asomaron las dos rayas. Mi cuñada me dijo que era porque le había echado mucha, entonces fue y compró otra prueba. Ahí me di cuenta de que no era que me hubiera pasado, sino que en verdad había quedado embarazada.

¿Ahora qué coño iba a hacer?, era lo único que pensaba. Mi papá me iba a echar de la casa, y vivir con mi suegra no es una opción. Esa señora es una bruja, pero no porque sea una hijueputa, es bruja porque se dedica a eso. Y mi abuelita decía que no todo el mundo está hecho para estar cerca a esos secretos, y yo soy una de esas.

Lo primero que hice fue ir a contarle a Édgar y se puso feliz, lloró, se lo dijo a todos los compañeros de su patio, y me hizo prometerle que no me lo iba a sacar, porque él iba a responder como fuera y cuando saliera íbamos a vivir juntos.

Con esas mismas palabras le di la noticia a mi papá. No me dijo nada, no lloró, no gritó, no me regañó. Se encerró en su cuarto a escuchar música. Al ver que no salía de su cuarto y no decía nada, yo empecé a recoger mis cosas. Aura lloraba bajito y me decía que no me fuera, que no la dejara sola, que ella me cuidaba al niño y me ayudaba a hacer los oficios de la casa. Yo me tragué mis lágrimas y la abracé. Ella repetía que cómo iba a vivir sin mí. Lo que ella no sabe es que mi vida hasta ese momento era vida por ella, y que para mí siempre hemos sido ella, yo, y ahora mi bebé.

En medio de nuestro abrazo apareció mi papá y me dijo que dejaba que me quedara solo porque no es bueno que un bebé se forme en la casa de una bruja. Eso le puede traer mala suerte.

Y desde ese día empezó mi encierro. Por un lado, mi papá y sus exigencias, y, por el otro, el compromiso que tengo con Édgar. Hoy, como todos los domingos, sobrellevo las miradas de otras visitantes que sienten lástima por mí, otras me critican porque estoy aquí con esta barrigota, y muy pocas me felicitan por no dejar solo a mi marido.

El día está nublado y hace un calor infernal. En la clínica mi suegra me dijo que había soñado que llovía mucho, un aguacero nunca antes visto, pero que el sol no se ocultaba. Que yo había salido al patio a recoger la ropa y en ese momento empecé a parir. Cuando el bebé salió, las ramas de los árboles lo amarraron y lo enterraron en la tierra, de donde empezó a nacer un árbol de mamoncillo.

Me duele la cabeza y por momentos veo estrellitas, pero tengo que entrar porque tengo que decirle a Édgar lo que me dijo el doctor y el sueño de su mamá, y que por eso no vendré hasta que el bebé nazca.

La madre

Mi exmarido está preso por abuso sexual simple con menor de catorce años y yo a él lo conocía como mujeriego, no como abusador de pelaítos. Su mamá y sus hermanas me avisaron apenas lo capturaron porque, a pesar de que me separé de él hace más de seis años, yo sigo siendo parte de esa familia. Los papás de él son muy especiales conmigo y siempre han querido que volvamos por Kelly, la hija que tenemos.

La niña ya está grande, va para diecinueve años, y por eso le conté toda la verdad de lo que estaba pasando con su papá. Ella reaccionó con un poco de indiferencia, pero yo la hice caer en cuenta de que ese era su papá y había que quererlo y apoyarlo. Además, hay que estar del lado de sus abuelos porque ellos siempre nos ayudan con algún dinerito, yo sé que no lo hacen por mí ni por Kelly, lo hacen para que no tengan a su hijo en un concepto irresponsable. Toda la vida lo han respaldado en sus cagadas. Yo sé eso y no me importa. Siempre y cuando le den a mi Kelly lo que necesite, todo estará bien.

Desde que su papá cayó preso Kelly se ha hecho la loca con ir a visitarlo, y eso a la abuela la tenía resentida. Por eso yo me ofrecí a visitarlo los domingos que ellas no pudieran, al fin y al cabo mi relación con él no era tan mala, nos hablábamos de forma cordial. Al principio cuando yo iba él hablaba poco, pero luego fue cogiendo confianza y empezó a hablar de «nosotros», dijo que desde que había caído preso había estado reflexionando, que nunca se debió separar de su familia y que durante todo este tiempo que hemos estado separados se arrepiente de haberse alejado de Kelly. Un día me besó, me dijo que no me podía olvidar, y yo me sentí especial. Desde que se había separado de mí no buscó otra mujer. Eso me halagaba. Era como sentir que era irremplazable.

Hace tres años intenté tener una relación con un hombre, pero todo se fue por el caño cuando me convencí de que solo me estaba usando. Tenía su mujer y una hija pequeña y solo estaba conmigo para que lo ayudara económicamente, y me di cuenta, por otras experiencias, de que yo estaba atrayendo a un tipo de hombres que solo querían que yo los mantuviera, y yo accedía por la inseguridad que siento por mi edad, porque tengo una hija… siento como que tengo que coger lo que se me atraviese, que en mi condición no puedo ponerme a exigir. Es que tengo cuarenta y ocho años y a estas alturas nadie se va a volver loco por mí. Entonces me puse a pensar que con el papá de la niña la cosa era como tenía que ser; él nos mantenía, a mí no me faltaba nada, y aunque fuera superinfiel, siempre estaba ahí para mí y su hija.

Kelly me dice que deje de repetir eso de que su papá le mostraba su genital a mujeres adultas, que eso le da vergüenza, y que también su abuela deje de repetir que su hijo es un santo, que solo lo quieren encochinar por envidia. Yo no entendía la actitud de Kelly, la verdad me preocupa esa niña, a veces habla como si les tuviera rabia a los hombres, dice cada cosa, Dios mío. El otro día me dijo, en medio de un mar de lágrimas, que su papá la había tocado. Cuando me lo dijo así me impactó muchísimo y sentí hasta rabia. Pero cuando me puse a pensar bien, llegué a la conclusión de que tenía que ser un error. Le prometí que iba a pedirle una explicación a su papá y al siguiente domingo lo fui a ver. Ese día lo encontré llorando, estaba muy angustiado porque vio cómo golpearon hasta dejar inconsciente a un joven en el patio. Lo consolé, le dije que todo iba a estar bien y que tenía que ser fuerte por su hija. Ese domingo estuvimos juntos y juramos que cuando saliera de la cárcel íbamos a darnos una segunda oportunidad. Cuando salí de la cárcel solo pensaba en cómo le diría a mi hija que iba a regresar con su papá, quería que ella estuviera libre de rencores y resentimientos, y que aprendiera a dar una segunda oportunidad. Kelly me dijo unas palabras ese día que debí escuchar, me dijo que las segundas oportunidades no se deben dar a diestra y siniestra, porque entonces no es una segunda oportunidad sino la décima, y que ella estaba convencida de que su papá nunca iba a cambiar, porque su ego es más grande que su supuesto amor por la familia. Sentí lástima por mi hija, yo estaba convencida de que estaba equivocada, uno suele subestimar a los jóvenes, y la obligué a activar la relación con su papá después de que duré seis años diciéndole que él era lo peor que nos había pasado, así me decía ella. Yo estaba convencida, o estoy, de que la familia es la familia, y uno debe apoyarse entre sí, sea lo que sea.

Solo logré que fuera un domingo, no sé qué hablaron, no sé qué pasó; él me empezó a decir que no le exigiera a Kelly que lo fuera a ver. Su mamá también me decía que dejáramos a Kelly fuera de esto. Y ella, mi hija, no me volvió a tocar más el tema de lo que me había contado de él ni de mis planes de regresar. Fue todo muy raro, yo esperaba que me reprochara por darle una segunda oportunidad a pesar de lo que me había contado.

Para pagar al mejor abogado de la ciudad, sus papás vendieron una casa, y él salió con libertad condicional mientras espera su juicio. El día en que salió yo lo esperaba con mucha ilusión, pero él empezó a actuar raro, delante de su familia era como si aún estuviéramos separados. Yo no entendí nada. Dormía en casa de su madre y a veces iba a la casa de nosotras cuando Kelly no estaba. Al mes su mamá me dijo que su hijo tenía una novia que había conocido por internet cuando estaba preso, y entendí que Kelly tenía razón. Ella nunca ha cambiado su trato conmigo, es la misma, y eso es lo que me duele, lo que atraviesa, que ya no sé lo que piensa ni siente, perdí eso.

Índice

Presentación   9

Rara   11

Verde oliva   25

Ensalada de payaso   35

La espera de Katerine sin h   45

La lista   55

Chiara   65

El matrimonio de Onnie   75

La visita   85

Encerrada y embarazada   91

La madre   99

«Para viajar lejos no hay mejor nave que un libro.»
EMILY DICKINSON

Gracias por tu lectura de este libro.

En **Penguinlibros.club** encontrarás las mejores
recomendaciones de lectura.

Únete a nuestra comunidad y viaja con nosotros.

Penguinlibros.club